Amor sin tregua

Kathie DeNosky

Editado por Harlequin Ibérica.
Una división de HarperCollins Ibérica, S.A.
Núñez de Balboa, 56
28001 Madrid

© 2015 Kathie DeNosky
© 2016 Harlequin Ibérica, una división de HarperCollins Ibérica, S.A.
Amor sin tregua, n.º 2082 - 6.1.16
Título original: Pregnant with the Rancher's Baby
Publicada originalmente por Harlequin Enterprises, Ltd.

Todos los derechos están reservados incluidos los de reproducción, total o parcial. Esta edición ha sido publicada con autorización de Harlequin Books S.A.
Esta es una obra de ficción. Nombres, caracteres, lugares, y situaciones son producto de la imaginación del autor o son utilizados ficticiamente, y cualquier parecido con personas, vivas o muertas, establecimientos de negocios (comerciales), hechos o situaciones son pura coincidencia.
® Harlequin, Harlequin Deseo y logotipo Harlequin son marcas registradas propiedad de Harlequin Enterprises Limited.
® y ™ son marcas registradas por Harlequin Enterprises Limited y sus filiales, utilizadas con licencia. Las marcas que lleven ® están registradas en la Oficina Española de Patentes y Marcas y en otros países.
Imagen de cubierta utilizada con permiso de Harlequin Enterprises Limited. Todos los derechos están reservados.

I.S.B.N.: 978-84-687-7615-6
Depósito legal: M-34322-2015
Impresión en CPI (Barcelona)
Fecha impresion para Argentina: 4.7.16
Distribuidor exclusivo para España: LOGISTA
Distribuidores para México: CODIPLYRSA y Despacho Flores
Distribuidores para Argentina: Interior, DGP, S.A. Alvarado 2118.
Cap. Fed./Buenos Aires y Gran Buenos Aires, VACCARO HNOS.

Capítulo Uno

Nate Rafferty no pudo evitar sonreír al mirar hacia la enorme zona abierta de una de sus recién construidas cuadras. Cuando mencionó que quería hacer una fiesta para celebrar la compra y la reforma de Twin Oaks Ranch, las mujeres de sus hermanos decidieron que tenía que ser una fiesta temática. A él le pareció bien y les dijo a sus cuñadas que se encargaran de la fiesta.

Incluso dejó que decidieran cuál sería el tema, y se habían esforzado al máximo, convirtiendo lo que iba a ser su cuadra de heno en una casa encantada de Halloween para los niños. Los monstruos, los espantapájaros y los fantasmas no daban miedo, sino ternura, y a sus sobrinos les iban a encantar las calabazas y las guirnaldas de coloridas hojas de otoño que colgaban alrededor de la pista de baile y del escenario donde iba a tocar la banda de música.

Mientras intentaba decidir si quería ir de Llanero Solitario o de John Wayne, Nate salió de la cuadra y cruzó el jardín del rancho hacia la casa. Apenas había recorrido unos cuantos metros cuando se detuvo en seco sobre sus pasos. Una mujer bajita de pelo rubio estaba saliendo del todoterreno gris que había aparcado cerca del garaje.

¿Cómo diablos le había encontrado? ¿Y por qué? Había evitado conscientemente mencionarle a Jessica

Farrell nada sobre la compra del rancho Twin Oaks. Tenía pensado esperar a terminar las reformas para poder sorprenderla invitándola a pasar un fin de semana con él. Por supuesto, la última vez que la vio fue hacía cuatro meses y medio... cuando ella todavía le hablaba.

Pero eso a Nate no le preocupaba. Nunca había tenido ningún problema para encandilarla de nuevo y no había razón para pensar que no pudiera volver a hacerlo, aunque ella estaba decidida a poner un punto final definitivo a su intermitente relación.

Así habían sido las cosas entre ellos los últimos dos años, y cada vez que parecía que las cosas se ponían un poco serias, Nate siempre encontraba un motivo para romper la relación. Pero la última vez ella le dijo que no se molestara en volver a llamarla y que se olvidara de dónde vivía.

Por supuesto, no era la primera vez que le había dicho que no la llamara. Pasaban por algo parecido cada tres o cuatro meses. Nate le dejaba tiempo para que se calmara, luego la llamaba y la convencía para que se vieran. Tras pasar varias semanas muy a gusto con ella, sentía que volvía a profundizar más de lo que pretendía. Y ahí era cuando cortaba y salía corriendo.

Sabía que no era justo para Jessie. Era una mujer maravillosa y se merecía a alguien mejor que él. Pero en lo que a ella se refería, Nate parecía no tener opciones. Sencillamente, no podía mantenerse alejado de ella.

Pero esta era la primera vez que Jessie cortaba con él, y Nate no podía entender la razón, sobre todo después de cómo habían terminado las cosas la última vez.

Cuando se despidieron varios meses atrás fue distinto a las otras ocasiones. Nate le había dicho que deberían tomarse un respiro y dejar de verse durante un tiempo. Fue entonces cuando vio en sus ojos violetas una firme determinación que no había visto nunca antes. Pero ahora estaba allí, así que no debía ser tan firme.

–Jessie, cuánto me alegro de verte –dijo acercándose a ella. Iba vestida con unos vaqueros y un suéter rosa que le quedaba grande. Pero se las arreglaba para tener un aspecto sexy. Muy sexy–. Ha pasado mucho tiempo, cariño, ¿cómo estás?

Cuando ella se dio la vuelta para mirarle no parecía contenta de verle.

–¿Tienes unos minutos? –le preguntó en tono serio–. Necesito hablar contigo.

–Claro –Nate no podía imaginar de qué querría hablar, pero en aquel momento no le importó. No iba a decírselo a ella, pero lo cierto era que la había echado de menos, había echado de menos el sonido de su suave voz y su dulce sonrisa–. ¿Por qué no entramos y nos ponemos al día?

Jessie sacudió la cabeza, agitando su larga coleta.

–No me voy a quedar mucho tiempo.

Nate le pasó el brazo por los delicados hombros y la giró hacia la casa.

–No has conducido hasta aquí desde Waco para darte la vuelta ahora –dijo mientras cruzaba con ella el patio hacia las puertas del balcón–. Le diré a la encargada de la casa que te quedas a cenar.

Cuando entraron en el salón, Jessie le sorprendió apartándose de él y mirándole.

–No te molestes, Nate. Anoche trabajé en el último

turno y en cuanto hablemos necesito volver a casa y dormir un poco.

Jessie era enfermera, la había conocido cuando su hermano Sam resultó herido en un rodeo un par de años atrás.

—Puedes quedarte a dormir aquí —murmuró Nate sonriendo.

Si las miradas pudieran matar, en aquel momento sería ya hombre muerto.

—¿Tienes empleada doméstica? —preguntó ella. Al ver que Nate asentía, frunció el ceño y miró a su alrededor—. ¿Podemos hablar en algún sitio más privado?

Nate se la quedó mirando. Nunca la había visto tan decidida como parecía estar en aquel momento.

—Vayamos a mi despacho —dijo finalmente señalando hacia la puerta con arco que daba al vestíbulo—. Allí podemos hablar a solas.

Nate la llevó hasta allí y esperó a que estuvieran sentados en su despacho con la puerta cerrada.

—¿De qué quieres hablar? —le preguntó mirándola desde el otro lado del escritorio mientras Jessie tomaba asiento en una butaca de cuero frente a él.

Ella se mordisqueó el labio inferior y se miró las manos entrelazadas sobre el regazo.

—Quiero que sepas que he tardado cuatro meses en tomar la decisión de contártelo. Mi primer impulso fue no hacerlo. Pero no me pareció justo para ti.

Nate se enderezó y empezó a picarle el cuero cabelludo. No sabía de qué estaba hablando Jessie, pero tenía la impresión de que lo que le dijera podría cambiarle la vida. ¿Había conocido a otra persona? ¿Le estaba diciendo que se había comprometido con otro hombre y que no le parecía justo no decírselo? ¿O estaba hablando de otra cosa?

–¿Por qué no vas al grano y me dices lo que crees que necesito oír? –preguntó.

Ella aspiró con fuerza el aire y le sostuvo la mirada.

–Estoy embarazada de casi cinco meses.

–Estás embarazada –repitió Nate. Dirigió la mirada hacia su vientre mientras aquellas palabras calaban en él y sentía como si de pronto se hubiera quedado sin aire. El corazón le latía con fuerza y cuando se puso de pie para rodear el escritorio le temblaron las rodillas–. ¿Vas a tener un bebé?

–Eso es lo que significa estar embarazada.

–¿Cómo ha ocurrido? –preguntó antes de pararse a pensarlo.

La mirada que Jessie le dirigió dejaba claro que tenía serias dudas respecto a su nivel de inteligencia.

–Nate, si a estas alturas no te sabes lo de la semillita, no creo que lo aprendas ya nunca.

Él aspiró con fuerza el aire y sacudió la cabeza para intentar librarse del zumbido que tenía en los oídos.

–Ya sabes a qué me refiero –se frotó la base del cráneo para liberarse de la tensión–. Siempre tuvimos cuidado con la protección.

–Pudo haber un desgarro microscópico en uno de los preservativos, o tal vez otro tipo de defecto –Jessie se encogió de hombros–. Pasara lo que pasara, estoy embarazada y tú eres el padre. Pero no quiero nada de ti –se apresuró a añadir–. Gano lo suficiente para mantenernos al niño y a mí y soy perfectamente capaz de criar a un hijo sola. Pero pensé que sería justo contártelo y averiguar si querías formar parte de su vida. En caso contrario, quiero que firmes los papeles para concederme a mí todos los derechos y los dos saldremos de tu vida para siempre.

—Ni hablar —afirmó él con énfasis—. Si tengo un hijo quiero estar presente en todos los aspectos de su vida.

Jessie asintió brevemente con la cabeza y se puso de pie.

—Eso es lo único que quería saber. Le diré a mi abogado que se ponga en contacto con el tuyo. Pueden alcanzar un acuerdo de custodia compartida justo y un régimen de visitas adecuado.

—¿Adónde vas? —preguntó Nate poniéndole las manos en los hombros para detenerla—. No puedes entrar aquí sin más, decirme que vas a tener un hijo mío y luego marcharte.

—Sí que puedo —había en su tono una nota desafiante—. Si no tuviera conciencia no estaría siquiera aquí. Pero resulta que creo que un hombre tiene derecho a saber que va a tener un hijo aunque no sea de fiar. Por ahora es lo único que necesitas saber.

Una fuerte sensación de culpabilidad se apoderó de él. Teniendo en cuenta su pasado y el modo en que la había tratado durante su relación, seguramente debería agradecerle que se lo hubiera contado. Pero no podía dejar que se marchara sin decir nada más. Había cosas que Nate quería saber.

—Jessie, siento cómo han sido las cosas entre nosotros en el pasado —aseguró con sinceridad—. Asumo completamente la responsabilidad. Si pudiera volver atrás y cambiarlo, lo haría. Desgraciadamente, no puedo hacerlo. Pero es importante que a partir de ahora trabajemos juntos.

Ella se apartó.

—Ya te he dicho que no impediré que veas al niño. Los abogados...

—Sí, ya lo he entendido —la interrumpió Nate aspirando con fuerza el aire—. Mira, soy consciente de que ahora mismo no soy tu persona favorita y no te culpo. Pero hay cosas que quiero hablar contigo y otras muchas que debemos decidir.

Jessie se lo quedó mirando durante un largo instante antes de volver a hablar.

—Sé que esto ha sido todo un impacto. Yo tampoco me lo esperaba, créeme. Pero no tiene por qué ser complicado. Podemos dejar que los abogados se ocupen de solucionarlo todo.

—Cariño, yo creo que esto no puede ser más que complicado —dijo él dándose cuenta por primera vez de lo cansada que parecía. Una idea comenzó a tomar forma mientras miraba sus preciosos ojos violetas—. Estás agotada. ¿Por qué no dejamos esto por el momento?

—No te preocupes por mí —respondió ella encogiéndose de hombros—. Estaré bien en cuanto pueda volver a casa y dormir un poco.

—No me gusta la idea de que conduzcas hasta Waco con lo cansada que estás —dijo Nate—. No es seguro.

—No me pasará nada —Jessie frunció el ceño—. Además, mi bienestar no es asunto tuyo.

—Sí lo es —insistió él—. ¿Tienes que trabajar esta noche?

Ella negó con la cabeza.

—Tengo el fin de semana libre. ¿Por qué?

—Mi familia celebra esta noche una fiesta de Halloween aquí y me gustaría que estuvieras. Tengo cinco habitaciones de invitados arriba, puedes escoger la que quieras –le apartó con el dedo índice un mechón de pelo rubio que se le había escapado de la coleta y aprovechó para acariciarle la suave mejilla. El dedo le tembló con el contacto y se animó al ver que ella abría un poco más los ojos, indicando que también lo había sentido–. Eso nos dejará también tiempo para hablar y tomar algunas decisiones cuando hayas descansado.

Nate evitó mencionar que podía compartir el dormitorio principal con él. Tal vez no fuera el más listo de la clase, pero no era tan tonto como para pensar que Jessie estaría receptiva a retomar su relación en el punto donde la habían dejado hacía casi cinco meses.

Jessie trató de disimular un bostezo tras su delicada mano.

–Ya te he dicho que los abogados…

–Lo sé, pero, ¿no crees que ahorraríamos mucho tiempo y sería más fácil para todos los implicados si lo llevamos solucionado de antemano? –preguntó él.

–Nate, estoy demasiado cansada para hablar de esto ahora mismo –afirmó Jessie bostezando–. Lo único que quiero es volver a casa y meterme en la cama.

–Al menos échate una siesta antes de volver a Waco –insistió él.

Si podía convencerla para que se quedara un rato, tendría tiempo para hacerse a la idea de que iba a ser padre. En aquel momento estaba completamente entumecido. Pero necesitaba recomponerse para poder pensar. Tenía que idear un mejor argumento para que se quedara al menos a la fiesta. Ahora que sabía que estaba esperando un hijo suyo, era todavía más importante que solucionaran las cosas. Y deprisa.

—Tal vez me vendría bien una siesta corta —reconoció Jessie.

Nate le pasó una mano por el hombro sin vacilar para guiarla hacia la escalera. No iba a darle tiempo para que cambiara de opinión.

La llevó por el pasillo de arriba y abrió la puerta del dormitorio que estaba frente al suyo.

—¿Te parece bien esta habitación?

—Me marcharé en cuanto me despierte —le advirtió ella.

—Tú ahora duerme un poco —dijo Nate acompañándola a la cama. Apartó la colorida colcha y esperó a que se quitara las zapatillas deportivas y se acostara para darle un beso en la frente—. Si necesitas algo, estaré en mi despacho.

Jessie ya se había quedado dormida.

De pie al lado de la cama, Nate se quedó mirando a la única mujer a la que no había sido capaz de mantener alejada. Jessie era inteligente, divertida y dulce además de guapa. Entonces, ¿por qué no era capaz de comprometerse con ella?

Nate sabía que a su hermano de acogida, Lane Donaldson, le encantaría utilizar su título en psicología para analizar los motivos de Nate. Pero él no quería profundizar tanto en sus motivos para evitar los compromisos. Todo estaba relacionado con su pasado, y eso era algo que no podía cambiar, y tampoco quería pensar en aquella oscura etapa de su vida.

Lo único que podía hacer ahora era lo que su padre de acogida, Hank Calvert, esperaría de todos los chicos que crio. Hank les había repetido una y otra vez que cuando un hombre tomaba la decisión de acostarse con una mujer tenía que estar preparado para aceptar sus responsabilidades si la dejaba embarazada. Y eso exactamente lo que Nate tenía intención de hacer.

Su aversión al compromiso estaba a punto de sufrir un cambio espectacular. Jessie se había presentado allí para decirle que iba a ser padre y él tenía la intención de hacer lo correcto con ella y con su hijo.

En algún momento de la siguiente semana le diría adiós para siempre a su maravillosa soltería y se casaría con Jessie.

Cuando Jessie se despertó, la brillante luz del sol se asomaba por una rendija de las cortinas. Tardó un instante en darse cuenta de dónde estaba.

Tras trabajar toda la noche en una lesión cerebral en la UCI, llamó al hermano de Nate, Sam, para preguntarle dónde podía encontrarle. No le gustaba tener que implicar a Sam en su búsqueda, pero Nate se había mudado recientemente. La última vez que cortaron, Jessie borró su número de teléfono del móvil. Sam se mostró muy amable y le dio la dirección del rancho Twin Oaks. Una noticia así había que darla en persona.

Tras hacerse la revisión prenatal, condujo directamente al rancho para decirle a Nate que era el padre de su hijo. Pensándolo ahora, seguramente tendría que haber dormido un poco antes de soltarle la noticia. Pero si lo hubiera retrasado más, no estaba segura de haber sido capaz de hacerlo.

Durante los últimos meses había estado debatiéndose sobre qué hacer y todavía no estaba segura de haber tomado la decisión correcta al contarle lo del bebé.

Por un lado, estaba harta de ser la marioneta de Nate. En el pasado, él la llamaba y la convencía para que retomaran la relación, y cuando todo parecía ir de maravilla entre ellos, Nate encontraba una razón para que dejaran de verse durante un tiempo. Y por otro lado, no estaba segura de que se mereciera tener la custodia compartida del bebé. ¿Qué clase de padre iba a ser, teniendo en cuenta su tendencia a aparecer y desaparecer?

La última vez que volvió a desaparecer, Jessie le dijo que no se molestara en volver a ponerse en contacto con ella. Le había roto el corazón, pero se negaba a seguir permitiendo que él controlara el curso de su relación. Poco después se enteró de que estaba embarazada. Y aunque sabía que lo justo era decirle a un hombre que iba a ser padre, su mayor preocupación era saber si Nate estaría siempre allí para el niño. Una cosa era decepcionarla a ella y otra totalmente distinta decepcionar a su hijo.

Inquieta con aquel pensamiento, apartó las sábanas y se sentó a un lado de la cama. Fue entonces cuando se dio cuenta de lo agotada que estaba. Había dormido el resto del día anterior y toda la noche, y seguía completamente vestida.

Jessie hizo la cama a toda prisa y se dirigió escalera abajo. Tenía libres las dos siguientes noches y necesitaba volver a casa. Había varias cosas que resolver aquel fin de semana y todavía le quedaba una hora al volante hasta Waco.

Cuando llegó al final de la escalera suspiró al ver a Nate saliendo del despacho. Había querido evitarle.

—Buenos días, dormilona —la saludó él con alegría.

¿Por qué tenía que gustarle tanto aquel hombre? No

quería fijarse en el modo en que el pelo castaño y liso le rozaba el cuello de la camisa, ni en cómo le brillaban los ojos azules cuando le sonreía. Todavía estaba enfadada con él por pensar que podía entrar y salir de su vida sin tener en cuenta el daño emocional que le causaba.

—Tendrías que haberme despertado —dijo ella fijándose en que el reloj de pared del vestíbulo indicaba que ya era mediodía.

—Estabas agotada —la sonrisa de Nate se transformó en una mueca—. Además, pensé que te gustaría estar completamente descansada para la fiesta de esta noche.

—No voy a ir a la fiesta. Ya te lo dije ayer.

Nate sacudió la cabeza y se acercó a ella.

—No, no me lo dijiste.

—Quedaba implícito y tú lo sabes —aseguró Jessie—. Cuando insististe en que tenía que dormir un poco antes de volver a casa, te dije que tenía pensado marcharme en cuanto me despertara de la siesta. Eso dejaba muy claro que no tenía intención de asistir a tu reunión familiar.

Nate extendió la mano y le deslizó suavemente el dedo por la mandíbula, provocándole un escalofrío.

—Ahora que has descansado, ¿te apetece un café o algo de comer? —le preguntó Nate ignorando su razonamiento sobre la fiesta—. No sé mucho de embarazos, pero cuando mis cuñadas estaban embarazadas comían como jornaleros una vez pasadas las náuseas.

—Dejé la cafeína cuando supe que estaba embarazada, pero agradecería mucho un bollo y un vaso de leche —respondió Jessie, que sabía lo que habían pasado aquellas mujeres.

–¿Por qué no te sientas en mi oficina y le digo a mi asistenta que te prepare una bandeja? –le sugirió Nate poniéndole la mano en la espalda para guiarla hacia la puerta.

–¿Por qué no como en la cocina y salgo por la puerta de atrás cuando haya terminado? –respondió a su vez ella dirigiéndose hacia el lado contrario.

–Tenemos que hablar –insistió Nate pasándole la mano por los hombros para guiarla hacia la oficina.

–Nate, sería mejor dejárselo a los abogados…

–¿De verdad quieres que unos desconocidos se encarguen de decirnos cómo criar a nuestro hijo? –la interrumpió él.

Jessie se lo quedó mirando mientras trataba de decidir qué hacer. Tenía razón en lo de los abogados sentados alrededor de una mesa, tomando decisiones importantes sobre su hijo. Realmente parecía impersonal y alejado de la situación. Pero ella quería evitar pasar más tiempo del necesario con Nate. Nate Rafferty había sido su mayor debilidad en los últimos dos años y medio y necesitaba permanecer fuerte para resistirse a su encanto.

–Solo tengo dos noches libres y tengo cosas que hacer –dijo.

–Se trata del futuro de nuestro hijo, Jessie.

La expresión preocupada de su bello rostro hizo que se sintiera culpable, y se vio a sí misma asintiendo con la cabeza a pesar de su necesidad de poner distancia entre ellos.

***

Quince minutos más tarde, Jessie se quedó mirando el cuenco de fruta fresca, el bollo de miel con crema de queso, los huevos revueltos, el vaso de zumo de naranja y la leche que había en la bandeja del escritorio de Nate.

–¿A qué ejército vas a alimentar? –preguntó–. No puedo comerme todo esto.

–Rosemary dijo que necesitabas proteína y fruta, y también calcio y vitamina C –dijo Nate encogiéndose de hombros mientras se colocaba en la butaca a su lado–. Dijo que sería bueno para ti y para el bebé.

Jessie abrió los ojos de par en par.

–¿Le has contado a tu asistenta que estoy embarazada?

Nate asintió.

–Tiene seis hijos y quince nietos. Todos están sanos, y pensé que ella podría saber mejor que nadie las necesidades nutricionales que tienes ahora.

Aunque agradecía el detalle, Jessie no estaba muy convencida de sentirse cómoda con que Nate le contara a la gente lo del bebé hasta que hubieran llegado a un acuerdo satisfactorio para ambos. Pero no quería hablar del tema en aquel momento. Tenían otros asuntos más importantes que tratar.

–Dijiste que querías ver el tema de la custodia y las visitas –dijo agarrando el tenedor de la bandeja para probar los huevos revueltos.

Nate sacudió la cabeza y luego aspiró con fuerza el aire, como si lo que fuera a decir le resultara extremadamente difícil.

–Nada de eso será necesario cuando estemos casados.

Jessie detuvo el tenedor a mitad de camino de la boca.

–¿Perdona?

–Haremos lo correcto, nos casaremos –aseguró él, como si aquella fuera la respuesta a todos sus problemas.

Jessie, que de pronto había perdido el apetito, dejó el tenedor con el huevo sobre el plato y negó con la cabeza.

–No, no lo haremos.

–Claro que sí –Nate le tomó una mano–. Ya me he clasificado para la Final Nacional. Me saltaré el rodeo de este fin de semana y podemos casarnos aquí. O si lo prefieres podemos volar a Las Vegas y celebrar una fiesta con amigos y familiares más adelante.

Jessie apartó la mano de la suya, se puso de pie y empezó a recorrer la estancia.

–¿Has perdido la cabeza? No voy a casarme contigo.

Nate se levantó, se acercó a ella, le puso las manos en los hombros y se la quedó mirando desde arriba, porque era bastante más alto que ella.

–No era mi intención disgustarte, cariño. Seguro que eso no es bueno ni para ti ni para el bebé.

–¿Cómo lo sabes? –preguntó Jessie mirándole con sus increíbles ojos violetas–. ¿Cuántas veces has estado embarazado?

Nate sonrió.

–Esta es la primera vez para los dos.

–Da igual. No lo entenderías ni aunque te lo explicara –Jessie sacudió la cabeza–. No vine aquí a decirte que estaba embarazada porque quiero que te cases conmigo. Solo pensé que deberías saber que vas a tener un hijo. Punto. Si quieres formar parte de su vida, no te lo impediré. Pero yo no formo parte del trato, Nate. Podemos idear algo para criar los dos juntos al niño, pero eso no significa que vayamos a tener una relación.

Nate aspiró con fuerza el aire.

–Soy consciente de que podemos hacer eso, Jessie. Pero lo que yo quiero es casarme contigo.

–No, no quieres eso, Nate –Jessie había esperado escucharle decir aquellas palabras durante más de dos años, pero había roto con ella demasiadas veces como para creerlo–. Tal vez lo pienses ahora, pero los dos sabemos que perderás el interés transcurridas unas semanas y entonces estarás resentido conmigo y con el bebé por verte atrapado en algo que no quieres hacer y nos enfrentaremos al sufrimiento o a un divorcio.

–Eso no sucederá, Jessie. Cuando yo me comprometo, lo hago de por vida –Nate se pasó la mano por el pelo–. Sé que te he decepcionado con anterioridad, pero…

–Déjalo estar –le pidió ella alzando una mano–. Ahora mismo tenemos que aclarar otra cosa. Soy una mujer adulta y no puedo culpar a nadie más que a mí misma de permitir que entraras y salieras de mi vida como lo has hecho. Pero ahora la apuesta es más alta, Nate. Una cosa es decepcionarme a mí, pero me niego a permitir que hagas daño a nuestro hijo. Te juro que pelearé contra ti con todas mis fuerzas si no maduras y estás ahí cuando él o ella te necesite. Ser padre no es un juego, ni algo de lo que puedas salir huyendo cuando te canses de jugar a ser el padre entregado. Significa estar ahí las veinticuatro horas por muy duro que sea. Si no puedes manejarlo, entonces será mejor que ni lo intentes.

–Jessie, te doy mi palabra de que, a partir de ahora, el bebé y tú seréis mi prioridad –afirmó. Parecía sincero. Le deslizó las manos por los hombros para tomarle las manos–. Quiero que nos casemos y seamos una familia. Y te juro que no volveré a hacerte daño jamás.

–Entonces, ¿por qué haces que parezca que estás aceptando la responsabilidad de un delito en lugar de pedirme que me case contigo? –preguntó ella con brusquedad–. ¿Te estás escuchando?

–¿Qué quieres decir? –preguntó él asombrado.

–Ninguna mujer quiere casarse con un hombre porque él considere que eso es «lo correcto» –afirmó Jessie sacudiendo la cabeza–. Además, tuviste que aspirar con fuerza el aire antes de decir que querías casarte conmigo.

Nate se la quedó mirando durante varios segundos antes de decir finalmente:

–Danos una oportunidad. Dame una oportunidad, cariño. Todo esto es nuevo para mí.

–Ya te he dado más oportunidades de las que mereces, Nate –afirmó Jessie. Se negaba a creer que esta vez fuera a ser distinta de las demás. Solo quería casarse con ella por el bebé, no porque la amara ni porque quisiera que iniciaran una vida juntos.

–¿Puedes tomarte algunos días de vacaciones? –le preguntó él de pronto.

–Sí, pero me los guardo para cuando nazca el niño y poder ampliar la baja maternal –contestó ella, preguntándose por qué quería saberlo.

–¿Cuándo tienes la próxima visita al médico? –continuó interrogándola Nate.

–Tengo una ecografía dentro de dos semanas –respondió ella–. ¿Por qué me preguntas todo esto?

–Me gustaría que estuvieras esta noche en la fiesta

y que luego te quedaras conmigo las dos siguiente semanas –le pidió–. Déjame demostrarte que casarme contigo es lo que quiero.

–Lo único que oigo es lo que quieres tú. ¿Te has parado siquiera a pensar en lo que quiero yo?

Nate asintió brevemente con la cabeza y preguntó:

–¿Qué es lo que quieres, Jessie?

–Quiero que seas un buen padre y quieras a nuestro hijo –murmuró ella–. Eso es lo más importante para mí.

–Ya quiero a ese niño, y te doy mi palabra de que seré el mejor padre posible. Pero te pido que me dejes demostrarte que ser un buen padre no es lo único que quiero. Quédate conmigo hasta después de Acción de Gracias –le pidió–. No tienes nada que perder.

–Solo los días de vacaciones que quiero tomarme cuando nazca el niño –contestó ella.

–Si no puedo convencerte de que soy completamente sincero sobre lo de formar una familia, entonces llamaremos a los abogados para que preparen un acuerdo.

–No puedo ir a la fiesta –dijo entonces Jessie–. No tengo nada que ponerme.

Si hacía lo que le pedía y se quedaba algún tiempo, temía verse tentada a volver al viejo patrón de conducta y que Nate la sedujera. Aquello era lo último que quería que ocurriera. El bebé necesitaba de ella que fuera fuerte y se resistiera a la tentación.

–Ya me he encargado de que tengas algo que ponerte para la fiesta –aseguró Nate con satisfacción–. Llamé a Bria, la mujer de Sam. Ella y su hermana Mariah iban a recoger sus disfraces en una tienda de Fort

Worth. Les pedí que escogieran algo para ti y se pasaran por una boutique.

–Por favor, dime que no le has contado lo del embarazo –dijo Jessie frotándose las sienes.

–No, pensé que sería mejor decírselo a todo el mundo esta noche en la fiesta –afirmó Nate–. A Bria solo le dije que eres de la misma talla que Summer, nuestra otra cuñada, y que te gusta la ropa suelta –le miró el vientre–. Pensé que necesitarías espacio extra para el bebé.

–No he dicho que vaya a ir a la fiesta –le recordó Jessie.

–Tampoco has dicho lo contrario.

Su sexy sonrisa le hizo saber que estaba acabando con sus fuerzas.

Jessie supuso que si se quedaba, sería un momento tan bueno como cualquier otro para decirle a la familia de Nate lo del niño. Y si ella estaba presente tendría un poco más de control sobre lo que él dijera. Con lo persistente que se estaba mostrando para que se casara con él, seguramente le diría a su familia que tenían pensado pasar por el altar.

Estar allí para evitar que confundiera a su familia sería la opción más inteligente.

–Aunque me quede a la fiesta, eso no significa que vaya a seguir aquí durante mucho tiempo.

Nate se la quedó mirando durante un largo instante antes de tomarle la cara entre las manos.

–Jessie, tú lo has experimentado todo desde el momento que supiste que estabas embarazada. Pero yo me he perdido mucho durante los últimos cuatro meses y medio, y no quiero perderme nada más. Te prometo que si te quedas conmigo el próximo mes, no te presionaré para que hagas nada que no quieras hacer. Este tiempo no solo nos dará la posibilidad de explorar todas las opciones y asegurarnos de que tomamos la decisión correcta, sino que también me dará la oportunidad de sentir que formo parte de esto y de acostumbrarme a la idea de ser padre.

La sinceridad de su voz y su franca expresión consiguieron el resultado que sin duda Nate esperaba. Si ahora no se quedaba, se sentiría tan culpable que seguramente no podría volver a dormir jamás.

Ella tuvo casi cinco meses para acostumbrarse a la idea de ser madre. Nate había tenido menos de veinticuatro horas para asumirlo, y seguro que todavía le parecía irreal. Y tenía razón respecto a lo de tomar decisiones relacionadas con el bebé. Su hijo se merecía que fueran sus padres quienes escogieran lo mejor para él, y no unos abogados. Tendría que encontrar la forma de lidiar con Nate durante los próximos dieciocho años como mínimo, así que más le valía empezar cuanto antes.

—Tendré que volver a casa a por algo de ropa —avisó.

Entre aquel momento y el viaje de regreso a su apartamento tal vez lograría afirmarse en su decisión y levantar las defensas contra su carismático encanto. En el pasado le había resultado imposible resistirse a Nate, y pasar un mes con él sería una auténtica prueba para su fuerza de voluntad. Pero entendía su deseo de tener un papel activo durante el embarazo. Sería un buen comienzo para su relación con el bebé, y eso era algo que ella quería para su hijo.

–Podemos ir a tu casa mañana y recoger todo lo que necesites –Nate adquirió una expresión seria–. Quiero que tengamos esta oportunidad, Jessie. Por favor, dime que te quedarás.

–De acuerdo. Lo arreglaré todo para poder tomarme estos días y quedarme hasta el fin de semana posterior a Acción de Gracias. Pero con una condición.

–¿Cuál, cariño? –preguntó Nate bajando la cabeza para rozarle los labios con los suyos.

–No quiero que me presiones con lo de casarnos –afirmó ella apartándose.

–Lo prometo.

–Solo me quedo para que me demuestres que eres sincero con lo desear al niño tanto como yo, y para trabajar en un buen régimen de custodia y de visitas. Y para que quede claro –añadió tras pensárselo un instante–, por la noche yo me dormiré en una habitación y tú en otra.

Capítulo Dos

Nate estaba con sus hermanos en el improvisado bar que sus trabajadores habían construido para la fiesta, pero apenas escuchaba la conversación sobre el ganado bravo de su hermano, que había sido seleccionado para el rodeo de la Final Nacional. Estaba demasiado ocupado mirando a Jessie. Estaba monísima con el disfraz de gnoma de jardín que Bria había escogido para ella. No pudo ponerse el chaleco porque era demasiado ajustado, pero el delantal blanco sobre la amplia falda roja le redondeaba perfectamente el vientre.

Sentada sobre una bala de heno, Jessie escuchaba atentamente a sus dos sobrinos, Seth y el pequeño Hank, hablar de sus nuevos ponis. A juzgar por su sonrisa, parecía que le gustaban los niños. Cuando su sobrina Katie se acercó a ella, Jessie se la sentó en el regazo sin vacilar ni un instante. Iba a ser una madre maravillosa, y él confiaba en hacerlo la mitad de bien como padre.

El corazón le dio un vuelco, y tuvo que aspirar con fuerza el aire para apartar el miedo que se le había instalado en el pecho. La idea de ser padre le aterrorizaba. ¿Y si no era capaz de asumir la responsabilidad? Era un estupendo tío para sus sobrinos. Pero aquel papel no implicaba tanta responsabilidad como ser padre. ¿Qué clase de padre sería?

Su mayor miedo siempre había sido ser tan negligente y poco de fiar como su propio padre. Por eso nunca pensó en tener hijos. Qué diablos, ni siquiera había pensado en casarse por eso mismo.

De los seis hombres a los que consideraba sus hermanos, Sam era el único biológico, y resultó ser tan sólido como una roca. Era completamente opuesto a su padre, y eso le daba a Nate esperanzas de ser igual que él. Pero, ¿cómo podía saberlo seguro?

–¿En qué andas, Nate? –preguntó T.J. Malloy sacando a Nate de sus pensamientos.

–Sí, esta es la primera vez que le pides a la rubia que venga a una de nuestras reuniones familiares –añadió Ryder McClain sonriendo de oreja a oreja.

–Tal vez ahora que es el dueño del rancho Twin Oaks esté por fin dispuesto a sentar la cabeza –sugirió Lande Donaldson mientras acunaba a su bebé en brazos.

–Yo apuesto lo que queráis a que Jessie y él se casarán antes de primavera –afirmó Sam mirando a Nate de reojo–. Ayer cuando me llamó para preguntarme dónde podía encontrarme sonaba muy decidida.

–¿Jessie te llamó y no me dijiste nada? –intervino Nate mirando fijamente a su hermano mayor.

Sam se encogió de hombros.

–Me pidió que no lo hiciera y le dije que no lo haría. Y sabes tan bien como los demás cuál es la regla número uno de Hank.

–Sí –la irritación de Nate disminuyó ante la mención de su padre adoptivo y el código ético que había inculcado a los niños que tenía a su cuidado–. Es preferible que te rompas un hueso a que rompas una promesa.

Todos sus hermanos asintieron con la cabeza.

Jaron Lambert se sacó la cartera del bolsillo de los vaqueros y puso un billete de cien dólares sobre la barra del bar.

—Yo digo que Nate y Jessie estarán casados antes de mediados de verano.

—Yo digo Navidades —dijo T.J. añadiendo dinero.

Ryder sacó su cartera y miró a Nate antes de darle una palmada en el hombro.

—Yo apuesto a que antes de Acción de Gracias ya estarán casados.

Nate sacudió la cabeza mientras escuchaba a sus hermanos apostar. Con ellos siempre había sido así. Cuando estaban los seis en el rancho de su padre adoptivo, Hank Calvert, apostaban por todo. Por supuesto, entonces eran pobres y no tenían nada mejor que hacer que especular sobre cuándo volvería a llover o cuál sería el primero de ellos en conseguir una hebilla en alguno de los rodeos junior en los que todos participaban.

Ahora que todos se habían hecho millonarios, en lugar de apostar cincuenta centavos o un dólar, las apuestas eran mucho más altas. Pero hasta el día anterior, a Nate no se le pasó por la cabeza pensar que él sería el objeto de una apuesta, ni que acertarían en sus predicciones.

Cada vez que uno de ellos hablaba de la boda, sentía que se le movía el párpado izquierdo. Todavía no podía creer que fuera a hacerlo. Le aterrorizaba la idea de fallarles a Jessie y al niño. Pero tenía una responsabilidad hacia ambos, y haría todo lo que estuviera en su mano para ser un buen marido y un buen padre.

Nate se centró en la pila de dinero que había sobre la barra y sacudió la cabeza.

–Mientras vosotros perdéis el tiempo y el dinero, yo voy a pedirle a Jessie que baile conmigo –los niños la habían abandonado para jugar con una caja de cartón, y Nate decidió que aquel era un buen momento para averiguar cuándo quería contarle a su familia lo del bebé.

Tiró la lata de cerveza vacía en el cubo de basura y se marchó. Ya tenía bastantes problemas con Jessie. No quería añadir más contándoles a sus hermanos lo del embarazo antes de que ella estuviera preparada. Y si se quedaba con ellos más tiempo, había muchas posibilidades de que se le escapara algo sin querer. Y si eso ocurría, no le dejarían en paz hasta que les contara qué estaba pasando.

Ocultarle cosas a la gente que te conocía bien no era sencillo. Aquella era la única desventaja que le encontraba a estar tan unidos. Pero no lo cambiaría por nada del mundo. Sabía que podía contar con sus hermanos pasara lo que pasara, y ellos con él.

–¿Te lo estás pasando bien, cariño? –preguntó acercándose a Jessie, que seguía sentada en la bala de heno.

Sin apartar la vista de los niños, ella contestó:

–De maravilla. Pero al parecer no soy tan interesante como una caja de cartón.

Nate la tomó de las manos y la ayudó a ponerse de pie.

–Espera a ver a los niños en Navidad. Se emocionan y están esperando a que saquemos los juguetes de las cajas, y cuando lo hacemos tiran el juguete y se sientan a jugar con la caja.

La risa ligera de Jessie provocó que le vibrara el cuerpo por dentro de un modo que conocía muy bien. La deseaba. Qué diablos, incluso durante los periodos en los que cortaba con ella y seguía su camino, continuaba deseándola. Quería estrecharla entre sus brazos sin que ella le recodara que no estaba allí para resucitar su relación romántica.

–¿Te gustaría bailar, cariño? –a Jessie le encantaba moverse por la pista de baile, y Nate quería que se divirtiera. Si lo hacía tal vez le recordara lo que habían compartido en el pasado.

–Creo que sí, sheriff –contestó ella refiriéndose a la estrella que Nate se había puesto en la solapa.

Él asintió mirando hacia el grupo de música que había contratado y en aquel momento terminaron con la canción que estaban tocando y empezaron con una melodía country lenta. Cuando llegó el grupo, Nate le dijo al hombre el título de la canción que quería que tocaran y que estuviera pendiente de su señal. Era la canción que Jessie y él habían bailado la primera vez que salieron juntos.

–Lo tenías planeado –le acusó Jessie.

Nate sonrió, la estrechó entre sus brazos y la llevó a la pista de baile.

–Sí –se inclinó para susurrarle al oído–. No me dijiste que no me estaba permitido recordarte nuestra primera cita y lo bien que lo pasamos –se abstuvo de mencionar que fue por algo más que por bailar.

Nate la sintió temblar contra él.

–Nate, lo primero que vamos a hacer después de esta fiesta es poner algunas normas. En caso contrario, mañana me voy a casa y no volveré.

–Claro, cariño –dijo él con buen talante mientras se movían al ritmo de la música.

Jessie podía poner todas las normas que quisiera, pero aquel pequeño estremecimiento era la única indicación que Nate necesitaba para saber que no le resultaba indiferente. Y tenía intención de recordárselo cada vez que pudiera.

Esperó a que terminara la canción antes de preguntar:

–¿Cuándo quieres anunciar lo del bebé?

Jessie suspiró.

–Supongo que ahora es tan buen momento como cualquiera. Pero no le hagas creer a tu familia que vamos a casarnos porque eso no va a ocurrir.

–Te doy mi palabra –afirmó él. No quería hacer nada que la llevara a salir huyendo a Waco antes de final de mes, como habían acordado. Y eso sería exactamente lo que sucedería si insinuaba a su familia que el matrimonio era una posibilidad.

Además, solo tenía hasta justo después de Acción de Gracias para idear cómo iba a conseguir aquella meta. Estaba decidido a no fallar. Quería que Jessie accediera a ser su esposa y que se casaran antes del nacimiento del niño.

Le pasó el brazo por los hombros para guiarla hacia Bria y su hermana Mariah, que charlaban con unos amigos al lado de la mesa de la comisa.

–Bria, ¿puedes reunir a la familia y que salgan todos un momento? Jessie y yo queremos deciros algo.

–Por supuesto, Nate –su cuñada se giró sonriendo hacia Mariah–. Ve a decirles a los hombres que salgan mientras yo busco a Summer, a Taylor y a Heather.

Unos minutos más tarde, Nate y Jessie estaban en el exterior de las enormes puertas de la cuadra rodeados por su familia. Nate sabía que a sus cuñadas les encantaría la idea y empezarían a organizar una fiesta para que el bebé recibiera regalos y todas esas cosas que hacían las mujeres cuando llegaba un recién nacido a la familia.

Pero sus hermanos le harían la vida imposible en cuanto supieran que la boda no era algo seguro.

Su padre adoptivo los había criado con un fuerte sentido de lo que estaba bien y lo que no. Cuando tuvieron edad para salir con chicas, Hank Calvert les dijo que su responsabilidad era proteger a las mujeres. Y en caso de que hubiera un embarazo accidental, los hombres tenían la obligación moral de hacer lo correcto y darle su apellido al niño y a la madre.

Nate sabía que en estos tiempos ese modo de pensar se consideraba anticuado, pero no había hombre al que respetara más que a su fallecido padre adoptivo. Las enseñanzas de Hank les habían servido a él y a sus hermanos muy bien a lo largo de los años. Pasaron de ser unos adolescentes rebeldes y complicados a convertirse en adultos sinceros y responsables. Por lo que a él se refería, ese tipo de enseñanzas no deberían olvidarse. Además, la idea de tener a Jessie a su lado cada día y en la cama cada noche le resultaba un aspecto muy atrayente del matrimonio.

—¿Qué pasa, hermano? —preguntó Jaron esbozando una de sus escasas sonrisas.

Su hermano Jaron, callado y taciturno, era el único que al parecer no se había librado completamente de los fantasmas del pasado. Todos tenían alguna secuela de su vida anterior antes de vivir en el rancho Última Oportunidad con Hank, pero las de Jaron eran más profundas.

–Sí, escúpelo de una vez –intervino T.J.

Nate miró de reojo a Jessie y le tomó la mano.

–Solo queremos que sepáis que dentro de unos meses añadiremos otro miembro a la familia. Vamos a tener un hijo.

Se hizo un asombrado silencio. Nate miró la expresión de Sam y se dio cuenta de que la omisión de la boda no había pasado inadvertida. Hizo saber con un leve movimiento de cabeza a sus hermanos que no le preguntaran por ello hasta más adelante. Sabía que respetarían sus deseos y guardarían silencio… por el momento. Pero en cuanto se presentara la oportunidad iba a tener que dar explicaciones.

–Eso es maravilloso –dijo Bria rompiendo el silencio cuando dio un paso adelante para darles un abrazo.

–Me alegro mucho por vosotros –añadió Summer McClain con alegría recolocando a su hija en la cadera para abrazar a Jessie.

–Tenemos que planear una fiesta de bienvenida al bebé –afirmó con entusiasmo Taylor, la esposa de Lane–. Tengo algunos aperitivos en mente que serían perfectos –Taylor, que era chef, siempre buscaba alguna excusa para probar nuevas recetas.

–¿Cuándo nacerá el bebé? –preguntó Heather, la mujer de T.J.

–A finales de marzo o principios de abril –contestó Jessie.

Nate se dio cuenta por el tono de voz que para ella era un alivio que no le preguntaran por la boda.

–¿Sabes si es niño o niña? –quiso saber Mariah mirando fijamente a Jaron.

Cada vez que una de sus cuñadas se quedaba embarazada, Mariah y Jaron discutían sobre cuál sería el sexo del bebé. Al parecer esta vez no iba a ser diferente.

Jessie sonrió y sacudió la cabeza.

–Me hacen una ecografía en un par de semanas, entonces lo sabré.

–Felicidades –dijo finalmente Sam dando un paso adelante para abrazar a Jessie con cariño. Se quedó mirando fijamente a Nate–. Creo que esto merece una cerveza, ¿no?

–Qué gran noticia –Ryder estrechó a Jessie con fuerza entre sus brazos antes de ponerle a Nate la mano en el hombro con fuerza.

–Jessie, si no te importa vamos a llevarnos a este cabezota al bar para brindar por la buena noticia –explicó Lane pasándole su bebé a Taylor, su mujer.

–No me importa –murmuró ella sonriendo–. Así tendré la oportunidad de preguntarles a vuestras mujeres sobre el embarazo y los productos que ellas consideran más útiles.

Mientras sus hermanos se lo llevaban al establo, Nate escuchó las emocionadas voces de las mujeres ofreciendo sus sugerencias sobre lo que pensaban que Jessie necesitaba para el bebé. No le sorprendía en absoluto. Tanto si ella era consciente como si no, Jessie y el bebé ya eran parte de la familia y todo el mundo haría lo posible para ayudarla a sentirse bienvenida.

–De acuerdo, ¿cuál es la historia, hermano? –inquirió Sam en cuanto llegaron al bar.

—¿Y por qué no hemos oído nada de planes de boda? –preguntó T.J. mientras se acercaba al camarero para pedir las cervezas.

—Sabéis todos tanto como yo –admitió Nate mientras se dirigían a una zona más privada, alejados del grupo de amigos–. Jessie apareció ayer para decirme que está embarazada de cuatro meses y medio. Yo soy el padre, y en cuanto le dije que nos casáramos lo antes posible se negó en rotundo.

—¿Le dijiste que os ibais a casar en lugar de preguntarle si quería ser tu esposa? –preguntó Lane con expresión incrédula.

—Vaya forma de intentar convencer a una mujer –dijo Jaron sacudiendo la cabeza–. Hasta yo sé cómo hacerlo mejor.

—Para ser un mujeriego, lo has hecho fatal –afirmó Ryder con rotundidad.

—Y tú dándome consejos sobre cómo hablar con una mujer cuando empecé a salir con Heather –T.J. le dio un sorbo a la cerveza que tenía en la mano–. Me alegro de haber tenido el buen sentido de no escucharte.

Sam se cruzó de brazos y le miró fijamente.

—¿Cómo piensas arreglar esto, Nate?

—Ya se me ha ocurrido un plan.

—¿Quieres hablarnos de ese plan para que te demos nuestra opinión antes de intentar llevarlo a cabo? –preguntó Lane.

—Sí, a juzgar por cómo estropeaste la declaración, me parece que necesitas toda la ayuda posible –añadió Jaron.

Por mucho que temiera el resultado, Nate pensó

que le vendría bien el consejo de sus hermanos, sobre todo el de Lane. Contar con la opinión de un licenciado en psicología no le haría ningún mal, y podría darle el punto que necesitaba para convencer a Jessie de su sinceridad.

—La he convencido para que se quede aquí conmigo hasta después de Acción de Gracias para que podamos trabajar el tema de la custodia compartida y hablar de cómo vamos a educar al niño —contestó Nate. Cruzó la pista de baile para dirigirse hacia Jessie y el resto de mujeres—. Y durante ese tiempo, me voy a saltar todas las señales de stop para demostrarle que quiero casarme con ella de verdad.

—Tal y como han ido las cosas entre vosotros en el pasado, tienes tarea por delante —afirmó T.J.

—Desde luego, no va a ser fácil —añadió Ryder.

—Y no hay margen de error le advirtió Lane—. Si no lo haces bien esta vez, se enfriará el infierno antes de que puedas tener una segunda oportunidad.

Nate asintió. Aunque le resultara aterrador comprometerse con una única mujer, sobre todo sabiendo que tendría que revelar todo su pasado, tenía mucho que perder si no hacía todo lo que estuviera en su mano para hacer las cosas bien entre ellos.

—Voy a conseguir que Jessie se case conmigo o moriré en el intento.

Mientras Jessie escuchaba a las cuñadas de Nate hablar de los preparativos para la fiesta del bebé que estaban planeando para ella, no pudo evitar sentir envidia ante el lazo tan fuerte que compartían aquellas mujeres con sus maridos. Durante los dos últimos años, Nate le había hablado poco de su peculiar familia, y de cómo Sam y él conocieron a los otros cuatro hombres a los que llamaban hermanos cuando entraron a formar parte del sistema de acogida.

Fueron enviados al rancho Última Oportunidad cuando eran adolescentes, y los seis chicos encontraron allí su salvación y también los unos a los otros gracias a un hombre de buen corazón llamado Hank Calvert y a su exclusivo conjunto de normas bajo el que regirse. Los chicos a los que adoptó habían permanecido juntos a lo largo de los siguientes años, y por lo que podía ver, las mujeres con las que se casaron estaban igual de unidas.

–Cuando sepas el sexo del bebé, ¿tienes pensado contárselo a todo el mudo o será un secreto? –preguntó Heather.

–He pensado en contarlo, pero me guardaré el nombre del bebé hasta que nazca –dijo Jessie llevándose la mano al vientre–. Sé que suena raro, pero quiero presentárselo a todo el mundo por su nombre.

–Si no te importa, ¿podrías decirnos qué vas a tener en cuanto te hagan la ecografía, Jessie? –preguntó Summer sonriendo–. Así sabremos qué colores utilizar para la decoración.

–Y si ya has elegido los colores para su cuarto, eso también nos sería útil –añadió Heather mientras su hijo Seth corría hacia ella con un ramillete de flores silvestres. Le dio las gracias y un beso y luego se marchó otra vez–. T.J. me regaló un ramo el otro día y Seth imita todo lo que hace su padre.

–Eso es muy bonito –Jessie encontraba el gesto del

niño muy conmovedor, y estaba segura de que estaría tan feliz con un niño como con una niña.

—También estaría bien que te registraras en una boutique para bebés de Waco en cuanto puedas para que podamos enviar las invitaciones —sugirió Bria llevando otra vez la conversación hacia la fiesta que iban a celebrar.

—Últimamente utilizan combinaciones de colores muy raras —comentó Taylor mientras le sacaba el aire a su bebé, que se acababa de terminar el biberón—. Yo ni siquiera consideré los colores que utilicé hasta que los vi en una tienda.

—Espero que tengáis que decorar con mucho rosa y púrpura para una princesita —afirmó Mariah levantándose de la bala de paja en la que estaba sentada para acercarse a los tres niños pequeños que estaban otra vez jugando con la caja.

—Eso lo dice porque quiere tener otra excusa para pelearse con Jaron —confesó Taylor agarrando una bolsa de pañales—. Es hora de cambiar a este hombrecito y prepararle para pasar la noche.

Cuando Taylor salió del establo y se dirigió a la casa para acostar a su hijo, Bria explicó la discusión entre Mariah y Jaron.

—Cada vez que una de nosotras anuncia que va a tener un hijo, Mariah insiste en que será una niña y Jaron en que será un niño —suspiró—. Es una manera de desviar el auténtico asunto que hay entre ellos.

Jessie asintió.

—Nate mencionó que Jaron y tu hermana se sienten atraídos el uno por el otro desde hace años, pero él cree que es demasiado mayor para ella.

–Cuando ella tenía dieciocho años, nueve años era mucho en cuestión de madurez y experiencia –dijo Bria–. Pero ahora que ella tiene veinticinco años y él treinta y cuatro, Jaron es el único que cree que eso tiene alguna importancia.

–Yo tengo veintiséis y Nate treinta y tres. Ninguno de los dos ha pensado nunca en esa diferencia de siete años. Me pregunto por qué Jaron insiste en que sea un problema –Jessie frunció el ceño.

–Si puedes responder a eso habrás resuelto uno de los grandes misterios del universo –afirmó Summer mientras corría a evitar que su hija se subiera a una calabaza.

Una hora más tarde, mientras ayudaba a las demás mujeres a limpiar las mesas, Jessie estaba más envidiosa que nunca del amor y la devoción que compartían. Estaban más unidos que muchas personas de la misma sangre. Suspiró pesadamente al pensar en su propia familia. Por alguna razón, a sus padres nunca les importó que su hermano mayor y ella tuvieran una relación cercana. Su hermano estaba en el primer curso de instituto cuando ella nació, y como la mayoría de los adolescentes, tenía mejores cosas que hacer que prestar atención a su hermana recién nacida.

Desgraciadamente, tampoco estaba demasiado unida a sus padres. Eran agentes inmobiliarios, y cuando no estaban ocupados vendiendo mansiones a los millonarios de Houston, estaban asistiendo a reuniones sociales en el club de campo para conseguir más contactos para su agencia. La única vez que recordaba que le prestaron atención fue cuando les dijo que iba a estudiar enfermería en lugar de sacarse el título de empresariales en la universidad. Los dos se mostraron extremadamente desilusionados con su decisión y no podían entender por qué no quiso seguir sus pasos como había hecho su hermano.

Aquello no había cambiado desde que se graduó y empezó a trabajar. Desgraciadamente, no confiaba en que cambiaran de actitud cuando les contara lo del bebé. Estaban demasiado ocupados con sus acuerdos inmobiliarios como para ocuparse de la familia. Y la única razón por la que tenían más relación con su hermano se debía a que a él le importaba tanto el dinero como a ellos y se había unido al negocio familiar.

–¿Tienes planes para Acción de Gracias, Jessie? –preguntó Bria devolviéndola al presente–. En caso contrario, nos encantaría que pasaras el día con nosotros.

–Normalmente trabajo –respondió Jessie omitiendo el hecho de que ella se había presentado voluntaria para hacerlo. Pasar tiempo en el hospital era preferible a los incómodos silencios que se sucedían cuando iba a visitar a sus padres–. ¿Puedo decírtelo más tarde?

–Por supuesto –dijo Bria–. Estoy segura de que Nate y tú tenéis muchas cosas de que hablar –añadió en un murmullo–. Pero quiero que sepas que pase lo que pase, el bebé y tú sois bienvenidos cada vez que celebremos una reunión.

Conmovida por el gesto, Jessie contuvo las lágrimas.

–Gracias. Eso significa mucho para mí.

Unos minutos más tarde, los hermanos de Nate y sus mujeres abrazaron a Jessie y le dijeron cuánto les había gustado que pasara la velada con ellos y lo emocionados que estaban con la noticia del bebé. Cuando los vio marcharse, Jessie tuvo que contener el anhelo que creció en su interior. Siempre había querido pertenecer a una familia como la de Nate, contar con aquel apoyo incondicional.

Pero por tentador que resultara, no podía permitir que el atractivo de una familia unida y cariñosa influyera en su decisión de no casarse con Nate. Cuando hiciera aquel compromiso, se negaba a conformarse con menos que con el amor de su marido. Pero en cualquier caso, le proporcionaba un gran alivio saber que su bebé ya era querido por aquella maravillosa familia.

–¿Lo has pasado bien, cariño? –le preguntó Nate cuando se dirigían de regreso a casa.

Jessie asintió.

–Me ha gustado ver a tus hermanos y a Bria otra vez. No los había visto desde que Sam estuvo en el hospital hace unos años. Y me alegro de haber conocido a tus otras cuñadas y a Mariah. Son todas encantadoras.

–Mis hermanos pueden ser muy pesados a veces –reconoció Nate con una sonrisa–. Pero no los cambiaría por nada. Cuento con ellos y ellos conmigo. Y sus esposas son un cielo. Se desviven para asegurarse de que la familia siga unida celebrando fiestas como la de anoche.

Cuando entraron en casa, Jessie hizo todo lo posible por ignorar la expresión encantadora de Nate y se centró en el hecho de no la había invitado nunca a una de aquellas reuniones familiares en el pasado. Creía saber por qué. Había sido su intento de mantener su relación en un plano informal y evitar así que ella pensara que tenían algo serio. Por mucho que aquello le hubiera molestado, no podía culparle por ello.

Jessie también había evitado presentárselo a su familia. Nate estaba decidido a mantener las cosas en un plano informal, pero lo que ella quería era evitarle un recibimiento frío y un interrogatorio incómodo acerca del tamaño de su cuenta corriente. Pero Nate no parecía ser consciente de que ella no le había presentado a sus padres, y no sería Jessie quien sacara el tema.

–¿Ocurre algo? –le preguntó Nate mientras subían las escaleras.

Sorprendida por su pregunta, ella sacudió la cabeza.

–No. Solo estoy un poco cansada –no iba a contarle la auténtica razón de su humor. Aquello era algo que compartían las parejas, y no quería ir por ahí. Eso podría darle a Nate la idea de que estaba más cerca de retomar su relación, y no era así.

Cuando avanzaron por el pasillo y se detuvieron frente a la puerta del dormitorio de Jessie, Nate no trató de abrazarla como ella pensó que haría. Lo que hizo fue sonreír y cubrirle la mejilla con la palma de la mano.

–Enseguida vuelvo –dijo Nate cruzando el pasillo para desaparecer en el dormitorio principal. Cuando volvió, le tendió una camiseta blanca–. Como se me olvidó decirle a Bria que te trajera algo para dormir, pensé que esto sería más cómodo que dormir vestida.

–Gracias –respondió Jessie aceptando la prenda. Hasta que él no lo mencionó, no había pensando en qué se iba a poner para dormir.

–Me alegro de que lo hayas pasado bien. Duerme bien, cariño –Nate se inclinó hacia delante, la besó en la frente y luego la rodeó para abrirle la puerta del dormitorio–. Te veré por la mañana.

Jessie le miró a los ojos y tragó saliva. ¿Por qué le resultaba decepcionante que Nate no la hubiera besado? Así era como quería que fueran las cosas entre ellos.

–Buenas noches, Nate –dijo cerrando la puerta tras ella.

Ahora que iban a tener un hijo y sus vidas quedarían unidas para siempre, era todavía más importante proteger su corazón. Sería mucho más fácil criar al bebé si podían al menos ser amigos.

Jessie suspiró, se quitó el disfraz de gnoma y se puso la camiseta que Nate le había dado. Al instante se vio asaltada por el aroma masculino de Nate y sintió un escalofrío en la espina dorsal. Enfadada consigo misma por su reacción, se subió a la cama y se le pasó por la cabeza la idea de quedarse en su casa cuando fueran allí al día siguiente. Sería lo mejor para sus intereses. Pero le había dicho a Nate que se quedaría con él hasta después de Acción de Gracias.

Jessie trató de dejar de pensar en que en un principio Nate le había pedido que se quedara para convencerla de que se casara con él. No le cabía duda de que se había convencido a sí mismo de que era lo que quería. Pero Jessie no era tan tonta como para pensar que pudiera cambiar de opinión tan rápido respecto a un tema que ni siquiera se había planteado hasta que ella anunció que estaba embarazada.

Nate solo se lo había sugerido por el bebé. No tenía nada que ver con que sintiera algo por ella. Y para Jessie, el amor era la única razón por la que una pareja debía considerar la idea de casarse.

Cerró los ojos para evitar las lágrimas que amenazaban con brotarle. Había dejado de preguntarse por qué Nate no la amaba y se había resignado al hecho de que nunca lo haría. Pero eso no evitaba que recordara la ternura con la que la acariciaba ni que siguiera anhelando la seguridad que siempre sentía cuando la estrechaba entre sus fuertes brazos.

Capítulo Tres

Al día siguiente por la tarde, tras ir a Waco para recoger ropa de Jessie y pasarse por el hospital para arreglar lo de los días de vacaciones que se iba a tomar el mes siguiente, Nate no pudo evitar sonreír mientras metía el equipaje de Jessie en el rancho y lo subía a la habitación que había frente al dormitorio principal. ¿Cómo era posible que una mujer tan menuda necesitara tanta ropa? Había cargado con dos maletas grandes que estaban tan llenas que parecían a punto de reventar, otra más pequeña que estaba igual de llena y una bolsa de viaje. Y durante todo el camino de regreso a Twin Oaks, Jessie se mostró preocupada pensando que se había olvidado algo. Nate se rio entre dientes.

Mientras Jessie colgaba la ropa en las perchas del armario, él miró a su alrededor.

—Creo que este dormitorio sería la elección más lógica para poner la habitación infantil.

—¿Para qué necesitas una habitación infantil? —preguntó ella deteniéndose para mirarle—. El niño no pasará la noche contigo hasta que no crezca un poco.

—¿Y por qué no? —Nate sacudió la cabeza—. Cuando te dije que quería formar parte de la vida del bebé, me refería a empezar desde el día que nazca.

Jessie aspiró con fuerza el aire y terminó de colocar los calcetines antes de girarse para mirarle.

—Aunque me alegra saber que quieres ser un padre implicado, va a ser imposible que te quedes con el bebé algo más que unas cuantas horas.

—¿Por qué no? —preguntó él cruzándose de brazos—. ¿No me crees capaz de hacerlo?

—No, a menos que te crezcan dos senos y empieces a producir leche —le espetó ella riéndose.

—Ah —Nate se frotó el cuello con la mano—. No había pensado en eso.

Jessie tenía una sonrisa indulgente cuando se acercó y le puso una mano en el brazo.

—No estoy diciendo que no formes parte de la vida del niño mientras sea un bebé. Solo intento explicarte que durante unos meses será imposible que puedas quedarte con él durante un largo periodo de tiempo.

La sensación de su mano en el brazo le provocó un escalofrío de deseo desde la cabeza a las plantas de los pies. Habían pasado muchos meses desde que se perdió por última vez en su suavidad, y el brillo de sus ojos violetas indicaba que él no era el único que recordaba aquel hecho. Tuvo que hacer un esfuerzo para no lanzarse sobre ella.

Hizo un esfuerzo por centrarse en lo que Jessie acababa de decir, y tuvo que admitir que tenía razón. Pero no iba a rendirse fácilmente.

—Y dime, ¿cómo te las vas a arreglar para volver a trabajar mientras estés dando el pecho? —preguntó frunciendo el ceño.

—Con la baja maternal y los días de vacaciones que me he guardado, estaré fuera hasta que el bebé tenga tres o cuatro meses —contestó Jessie—. Seguro que después de eso ya se me ocurrirá algo.

Nate le cubrió la mano con la suya.

–Parece que ese es el primer asunto que debemos tratar.

–Supongo que sí –murmuró ella quitando la mano y girándose otra vez hacia la bolsa que estaba vaciando.

Nate se quedó allí de pie deseando poder estrecharla entre sus brazos, pero tuvo que ejercitar la paciencia. Les había dicho a sus hermanos que se saltaría todas las señales de stop para conseguir que se casara con él. Pero debía tomarse su tiempo si quería tener alguna posibilidad de convencerla de que quería convertirla en su esposa de verdad. Si la presionaba, Jessie regresaría corriendo a Waco.

–Cuando hayas deshecho el equipaje, he pensado que podríamos ir a Beaver Dam a cenar al Broken Spoke –dijo, decidiendo que había llegado el momento de poner su plan en acción–. Hoy es el día libre de mi asistenta, y tengo que reconocer que no se me da muy bien la cocina.

–Yo podría preparar algo si prefieres quedarte en casa esta noche –se ofreció mientras sacaba de la bolsa de viaje una especie de almohada.

Nate se preguntó qué sería aquello, pero luego sacudió la cabeza.

–Ha sido un día muy ajetreado, y seguro que prefieres relajarte y disfrutar del resto de la velada.

Nate omitió a propósito que el Broken Spoke tenía una pequeña pista de baile y una gramola con canciones de amor country. Muchos vaqueros usaban esas canciones y la pista de baile como excusa para abrazar a sus mujeres mientras se balanceaban al ritmo de la música. Nate tenía la misma intención.

–De acuerdo –dijo finalmente ella vaciando la última maleta. Miró la ropa–. ¿Voy adecuadamente vestida así o debería ponerme algo menos informal?

–La comida es muy buena, pero Broken Spoke no es un sitio elegante –Nate miró los vaqueros y la amplia camisa verde menta que llevaba puestos–. Vas perfectamente así.

–Entonces supongo que ya estoy lista –dijo ella agarrando el bolso.

Cuando dio un paso atrás para salir de la habitación, Nate tragó saliva. No había prestado realmente atención al tamaño del vientre de Jessie hasta ahora. Pero la fina tela de la camisa marcaba el pequeño bulto en lugar de esconderlo.

Nate aspiró con fuerza el aire cuando salieron de casa y le abrió la puerta del copiloto de la camioneta. Nunca había pensado en la figura de una mujer embarazada ni en el efecto que tenía en su atractivo sexual. Pero no había otra forma de describir a Jessie más que diciendo que estaba tremendamente sexy. Aunque llevaba ropa suelta, podía asegurar que tenía los senos más grandes. Y por alguna razón en la que no quería pararse a pensar, la idea de que estuviera esperando un hijo suyo hacía que la deseara.

Sacudió la cabeza, rodeó la camioneta y se puso detrás del volante. ¿Había perdido el juicio? Nunca se había fijado en ninguna mujer embarazada ni había pensado si resultaba atractiva o no.

Nate arrancó el motor y avanzó por el camino hasta llegar a la carretera principal. Decidió no pensar demasiado en las razones por las que encontraba tan atractiva a Jessie. Siempre la había deseado, y eso era algo que nunca cambiaría. Por supuesto, ahora sentía por ella algo diferente. Era la madre de su hijo. La mujer a la que iba a convertir en su esposa.

Cuando se le formó un nudo en la boca del estómago y le empezaron a sudar las palmas, trató de centrarse en algo distinto. Aunque no sabía cómo hacerlo, iba a dar todo de sí y sería el mejor padre y esposo que pudiera ser.

Jessie miró a su alrededor cuando Nate y ella entraron en el Broken Spoke.

–¿Te parece bien aquí? –preguntó Nate acompañándola hacia una mesa situada al fondo.

–Perfecto –respondió ella mirando a su alrededor.

Varios hombres vestidos con vaqueros desteñidos, camisas de trabajo y chaquetas vaqueras estaban sentados en los taburetes de la barra del bar hablando con un par de mujeres mientras otros jugaban al billar. Todos llevaban sombreros de ala ancha y botas, lo que indicaba que la mayoría trabajaba en los ranchos de la zona.

–No hay muchas mujeres –comentó Jessie cuando Nate le retiró la silla para que se sentara.

Él se encogió de hombros y tomó asiento a su lado.

–Viene alguna más el fin de semana, pero incluso entonces hay más hombres que mujeres.

–¿Qué os sirvo, chicos? –preguntó una camarera joven con coleta acercándose a la mesa.

Jessie miró a Nate.

–¿Tú qué quieres?

–Lo de siempre –respondió él sonriendo–. Filete, patatas fritas, ensalada de col y una cerveza.

—Yo tomaré lo mismo –decidió Jessie–. Pero en lugar de la cerveza, un vaso de leche, por favor.

—Hecho –la camarera asintió mientras tomaba nota–. ¿Cómo queréis los filetes?

Tras decirle cómo los querían, hablaron unos minutos antes de que Nate tomara las manos de Jessie entre las suyas.

—Jessie, creo que he encontrado la manera de que los dos podamos estar con el bebé durante su primer año.

Ella retiró las manos de debajo de las suyas. No necesitaba contar con la distracción de sentir su piel.

—No quiero perderme nada de lo que los demás padres viven –continuó Nate–. Por eso creo que deberías venir a vivir al rancho.

Jessie podía entenderlo e incluso le animaba su deseo de formar parte de la vida del bebé durante su año más importante, pero no iba a casarse con él.

—Nate, ya te dije que no quiero que me presiones. No voy a hacer algo que los dos sabemos que terminaría en desastre.

—Escúchame, cariño –le pidió él adquiriendo una expresión seria–. No voy a mentirte. Quiero que nos casemos y no voy a renunciar a ello, pero ahora mismo no estoy hablando de eso. Lo que sugiero es que vengas a vivir al rancho y me dejes formar parte del resto del embarazo y también del primer año de vida del bebé.

Antes de que Jessie pudiera contestar, la camarera les llevó la cena y Jessie esperó a que la chica se dirigiera a otra mesa antes de comentar su propuesta.

—Entiendo que quieras estar presente en los primeros avances del bebé, pero no puedo mudarme a tu rancho, Nate. Mi trabajo está en Waco.

–Puedes pedir una excedencia –dijo él, como si fuera lo más sencillo del mundo. Agarró el cuchillo y el tenedor para cortar la carne–. Y si quieres seguir trabajando podrías conseguir un puesto en el hospital o en alguno de los consultorios médicos que hay cerca de Stephenville. No es un hospital tan grande como el de Waco, pero en los hospitales pequeños también hay personas enfermas.

–Soy consciente de ello. Pero, ¿por qué cambiaría un trayecto de cinco minutos por media hora conduciendo? –preguntó Jessie apoyando la espalda en el asiento para mirarle–. Siempre puedes venir tú a vivir a Waco.

Nate se encogió de hombros.

–Yo tengo mucho más sitio en Twin Oaks que tú en tu apartamento. Además, si te mudas tú al rancho hay una ventaja mucho mayor.

–¿Cuál? –Jessie agarró el tenedor.

–Contarías con ayuda para el niño y no tendrías que preocuparte de encontrar a alguien que lo cuidara mientras tú estás trabajando –afirmó él agarrando su cerveza.

–Eso sería estupendo durante la semana, pero, ¿y los fines de semana? Normalmente tú compites en algún rodeo fuera del estado, y aunque sea en Texas tienes que pasar una o dos noches fuera –Jessie sacudió la cabeza–. Las posibilidades de que yo tenga fines de semanas libres si trabajo en el hospital son muy escasas. ¿Quién se quedará entonces con el bebé?

–Seguro que podremos solucionarlo –aseguró Nate

con una sonrisa–. Tenemos tiempo de sobra. Solo es una opción a considerar.

Se quedaron en silencio mientras comían, y cuando hubieron terminado Jessie había dejado su sugerencia apartada. Tal vez a Nate le pareciera una solución viable, pero ella sabía que no era así. Iba a ser una prueba para su fuerza de voluntad vivir un mes en el rancho. Le resultaría imposible estar con él más de un año sin volver a caer rendida ante su carismático encanto.

–Creo que voy a ver qué canciones hay en la gramola –dijo Nate levantándose de la mesa.

Mientras le veía cruzar la pequeña zona de baile, Jessie se mordió el labio inferior. Nate tenía unos hombros muy anchos que llenaban completamente la camisa. Un escalofrío de deseo le recorrió la espina dorsal cuando pensó en lo que sentía al verse rodeada de toda aquella masculinidad cuando hacían el amor.

Si solo mirarle le provocaba aquella reacción, tenía un problema grave. ¿Cómo diablos iba a resistir su encanto durante el siguiente mes?

Sumida en sus pensamientos, dio un respingo cuando Nate se acercó a su lado y le tomó una mano.

–Creo que esta es nuestra canción, cariño. ¿quieres bailar?

Antes de que ella pudiera protestar, la puso de pie y la llevó a la pista de baile.

–Esto no es una buena idea, Nate.

–¿Por qué? ¿Estás cansada? –le preguntó él rodeándola con sus brazos.

–No, no –a Jessie ni siquiera se le ocurrió usar la excusa que le puso en bandeja.

–Solo es un baile, Jessie –le susurró Nate al oído.

Con el cuerpo alineado completamente con el suyo y su cálida respiración acariciándole la piel, Jessie no podía ni recordar su propio nombre, y mucho menos pensar en alguna buena razón por la que no deberían bailar. Pero cuando movió su cuerpo contra el suyo, Jessie cedió al impulso de acercarse más. El deseo que se apoderó de ella resultó casi insoportable.

Mientras Nate los movía a ambos al ritmo de la música, la sensación de su cuerpo duro le provocó una oleada de calor desde la cabeza a la punta de los pies. Le temblaron las rodillas, y no le quedó más remedio que agarrarse a él para evitar caer derretida a sus pies.

Cuando terminó la canción, Jessie utilizó la poca fuerza que le quedaba y se apartó de sus brazos.

–Yo… debo estar más cansada de lo que pensé –mintió fingiendo un bostezo–. Deberíamos irnos.

Nate se la quedó mirando unos instantes antes de sonreír.

–Lo que tú digas, cariño.

Los dos sabían que estaba fingiendo, pero para su alivio, Nate no dijo nada, y tras dejar sobre la mesa el dinero de la cena y una generosa propina, le puso la mano en la parte baja de la espalda y la guio a la salida. Ninguno de los dos habló cuando subieron a la camioneta ni en el camino de regreso al rancho.

–¿Te gustaría ver una película? –preguntó Nate cuando aparcó la camioneta. Se bajó para abrirle la puerta–. En el canal de pago está la última comedia de Melissa McCarthy.

Nate sabía que era una las actrices favoritas de Jessie y que se sintió tentada.

–¿Podemos dejarlo para otra ocasión? Caben muchas posibilidades de que me quede dormida a la mitad.

–Claro –dijo él levantándola del asiento de la camioneta–. Podemos verla mañana por la noche, y le diré a Rosemary que nos prepare palomitas. ¿O prefieres ir a Stephenville a cenar y al cine? –le preguntó mientras entraban en la casa.

Aunque la idea resultara tentadora, sonaba demasiado a una cita. Y ella no estaba allí para eso, y no quería darle a Nate la falsa impresión de que estaba otra vez cayendo bajo su encanto.

–Quedarnos aquí a ver una película me parece bien –respondió con decisión mientras subían las escaleras–. Así podré acostarme en cuanto termine.

Cuando llegaron a su dormitorio, Nate la detuvo en el momento en que abrió la puerta.

–¿Crees que tendrás ganas de ir conmigo al rodeo de Amarillo este próximo fin de semana? –le preguntó.

–¿Por qué no iba a tener ganas? –preguntó ella a su vez frunciendo el ceño–. Estoy embarazada, no enferma.

–Pensé que a lo mejor te parecía demasiado agotador –contestó Nate acariciándole la nuca–. Soy el primero en reconocer que no sé mucho de embarazadas ni sobre lo que se debe o no debe hacer.

Incapaz de contenerse, Jessie le puso la mano en el brazo.

–Aparte de ser ahora una adicta a las siestas, me encuentro muy bien –aseguró sonriendo–. Tan bien que de hecho tengo pensado trabajar hasta que nazca el bebé.

–De acuerdo, déjame replantear la pregunta. ¿Quieres venir conmigo al rodeo este fin de semana?

Jessie sabía que debería decirle que no y alegrarse de contar con un poco de tiempo a solas para poder pensar. Pero no podía resistirse a la oportunidad de poder ver por fin lo buen jinete de rodeo que era. Durante los dos años y medio que habían estado juntos, Nate nunca le había pedido que fuera a verle competir, y no quería perder la oportunidad.

–Me gustaría. Siempre y cuando tengamos habitaciones separadas –añadió consciente de que tendrían que pasar allí dos o tres noches.

–Por supuesto –Nate le deslizó el dedo índice por la mandíbula y se inclinó para darle un beso en la frente–. Dulces sueños, cariño.

La sensación de sus labios en la piel y la mirada de deseo de sus ojos la dejaron sin aliento. Tuvo que reunir todas sus fuerzas para darse la vuelta, entrar en el dormitorio y cerrar la puerta. Soltó el aire que tenía retenido, se puso el camisón y agarró la almohada de cuña antes de subirse a la cama. Cuando se puso de costado y colocó la almohada de modo que le sostuviera el vientre, miró hacia la puerta, preguntándose si a Nate le iba a costar tanto dormirse como a ella.

Una tristeza profunda empezó a apoderarse de ella, y una solitaria lágrima le resbaló por la mejilla. Se la secó con impaciencia con el dorso de la mano. ¿Qué le pasaba? ¿Por qué tenía aquella sensación de desilusión?

Nate estaba haciendo exactamente lo que ella le había pedido. Y aparte de un par de besos castos en la frente y de sostenerla entre sus brazos mientras bailaban, no había intentado acariciarla de un modo más íntimo.

El bebé escogió aquel momento para moverse. Jessie se llevó la mano al vientre y se mordió el labio inferior mientras trataba de luchar contra la oleada de emociones que amenazaba con engullirla. Echaba de menos que Nate la abrazara, que le hiciera el amor. En sus veintiséis años de vida, nunca se había sentido tan segura como cuando estaba entre sus brazos. Pero no podía dejarse arrastrar por las emociones.

No podía permitirse bajar la guardia y volver a enamorarse de él. Ya no era solo en sí misma en quien tenía que pensar. Su hijo contaba con que ella tomara decisiones responsables, y no iba decepcionarlo.

La noche siguiente, Nate bostezó mientras llevaba a la sala de televisión una bandeja con un enorme cuenco de palomitas, una botella de agua para Jessie y un refresco para él. Se había pasado la noche entera despierto, pensando en la mujer que estaba en la habitación frente al dormitorio principal. Sostenerla entre sus brazos mientras bailaban, sentir el ligero bulto de su redondeado vientre contra el suyo y saber que el niño que esperaba era suyo le había puesto el motor a toda velocidad.

Para él era una experiencia completamente nueva sentir deseo por una mujer embarazada. Aquello hacía que se replanteara su cordura una vez más. Pero fue el recuerdo del acto amoroso en el que habían creado aquel niño lo que le hizo entrar en el dormitorio principal a darse una ducha fría en medio de la noche, y a repetir la operación a primera hora de la mañana.

Jessie era la mujer más excitante que había conocido en su vida, y tenerla a su lado suponía contar con el cielo y el infierno en el mismo paquete. Quería abrazarla y mostrarle lo maravillosa que podría ser su vida juntos. Pero, ¿cómo se suponía que iba a convencerla de que podía ser lo que ella quería que fuera si lo mantenía alejado y no le decía lo que quería?

Aquella tarde había ido a los pastos del sur a caballo con sus hombres con la excusa de trasladar un rebaño de vaquillas, pero durante todo el tiempo había estado pensando en qué hacer. En algún momento tendría que decirle lo que había hecho para terminar con Sam en el rancho Última Oportunidad. Si Jessie podía superar aquello, entonces tendría que encontrar la manera de convencerla para que le dejara hacer lo correcto y se casara con ella.

—Rosemary me ha dicho que habéis tenido una charla muy agradable esta tarde —dijo dejando la bandeja en la mesita auxiliar situada delante del sofá de cuero.

Jessie asintió.

—Mientras tus hombres y tú trasladabais el ganado a otros pastos, Rosemary y yo hablamos de lo distintas que son ahora las cosas para las madres primerizas en comparación con sus tiempos.

—¿Ah, sí? —Nate se sentó en el sofá a su lado y sacudió la cabeza—. No pensaba que podría haber tantas variaciones en ser madre.

—Te sorprendería —afirmó ella riéndose.

Aquel delicioso sonido le provocó una oleada de calor. Pero más que eso, le dio esperanzas. Al parecer Jessie había empezado a relajarse y Nate se lo tomaba como una señal de que empezaba a bajar la guardia.

Ya fuera por aquella certeza o porque estaba de buen humor, Nate sonrió.

–¿Vas a contarme las diferencias o voy a tener que adivinarlas?

–Vas a tener que averiguarlas –el guiño de los ojos violetas de Jessie hizo que aumentara el calor–. Tus respuestas pueden ser interesantes.

–Vamos, cariño, dame un respiro –Nate se rio–. Sabes tan bien como yo que no sé nada de estos temas.

Jessie sonrió.

–Rosemary y yo hablamos de las cosas que se han inventado durante los últimos treinta años para facilitar los cuidados del bebé.

Nate agarró un puñado de palomitas.

–Déjame adivinar. Comparó cómo lo hacía ella en sus tiempos con cómo lo hacen las mujeres actualmente y le parece que la antigua usanza era mejor.

–En absoluto. Rosemary dijo que ojalá hubiera tenido todos los artículos que tienen ahora las madres primerizas a su disposición cuando nació su primer hijo –respondió Jessie mientras tomaba unas palomitas.

–¡Vaya! No sé a qué cosas se refiere, pero deben ser impresionantes –dijo él tomando el mando de la televisión–. Tendremos que hacer una visita a una de esas tiendas para bebés para que me enseñes todos esos artilugios nuevos.

–¿Qué te hace pensar que son algo especial? –preguntó ella abriendo la botella de agua.

Cuando se la llevó a la boca para beber, Nate contuvo un gemido. El recuerdo de aquellos labios suaves y perfectos sobre su piel provocó que se le acelerara el corazón.

—¿Te encuentras bien, Nate? —le preguntó Jessie con expresión preocupada.

—Eh… sí —mintió él abriendo el refresco para darle un gran sorbo—. Muy bien. ¿Por qué?

—Porque tienes cara de sufrimiento y porque no has contestado a mi pregunta —le explicó ella.

Sí, estaba sufriendo, pero no era un sufrimiento como el que ella imaginaba. Tenerla a su lado y no poder abrazarla ni besarla le estaba matando. Siempre había pensado que era guapa, sexy y muy divertida, pero debía admitir que la mayor parte del tiempo que pasaban juntos era haciendo el amor. Ahora que pasaban ratos en los que debía centrarse en algo más que en el sexo, estaba empezando a fijarse en lo mucho que disfrutaba de su intelecto.

Al ver que Jessie seguía mirándole fijamente, Nate hizo un esfuerzo por centrarse en lo acababa de decirle.

—Solo intentaba imaginar qué sería lo que le ha causado a Rosemary tanta impresión. No suele poner el sello de su aprobación con facilidad.

—Bueno, parece que le gustan los termómetros digitales que se ponen en la frente y los monitores de vídeo para bebés —Jessie sonrió—. Y sobre todo, le encanta la idea del sacaleches eléctrico.

—¿Sacaleches? —repitió él como un loro. No estaba muy seguro de querer saber cómo funcionaba ese aparato—. Siento haber preguntado.

—No me digas que te da vergüenza hablar de eso —bromeó Jessie.

—Para serte sincero, nunca había pensado en ello —ni tampoco estaba seguro de querer hacerlo.

No se trataba de que el tema le hiciera sentir incómodo, sino que no sabía absolutamente nada de cómo ocuparse de un bebé. Cuando empezó la película y se reclinaron en los cojines del suave sofá de cuero, Nate decidió que no sería mala idea hacer una lista con las cosas que necesitaba buscar en Internet antes de que naciera el niño. Había cuidado de sus sobrinos en alguna ocasión cuando eran bebés, pero solo durante unas horas. Si quería ser un buen padre, al parecer tendría que aprender mucho más sobre recién nacidos y su cuidado. A diferencia de su padre biológico, él no iba a fracasar en algo tan importante.

A la mitad de la comedia, se dio cuenta de que Jessie empezaba a bostezar, y sin pensárselo dos veces, le pasó el brazo por los hombros. Cuando ella le miró pensó que se apartaría, pero para su alivio, apoyó la cabeza en su hombro y en cuestión de segundos se había quedado dormida.

Nate sonrió. Aquella era una prueba más de que había bajado definitivamente la guardia con él. Ahora lo único que tenía que hacer era asegurarse de no volverse impaciente y no presionarla.

Teniendo en cuenta que solo podía pensar en lo dulces que eran sus besos y en cómo respondía ella cuando hacían el amor, le iba a resultar tremendamente difícil. Pero había demasiado en juego como para arriesgarse a estropear las cosas.

Cuando terminó la película, Nate no estaba por la labor de dejarla ir. En lugar de despertarla para subir a la cama, como tendría que haber hecho, puso las noticias de la noche y siguió abrazándola. Mientras estaba allí sentado fingiendo ver el parte meteorológico para los próximos días, pensó en la mujer que tenía entre sus brazos y en el hijo que estaba esperando. Se preguntó si podría sentir el movimiento del bebé, así que le puso una mano en el vientre y esperó.

–Creo que es demasiado pronto para que puedas sentir su movimiento –murmuró Jessie.

–Pero, ¿tú lo sientes? –preguntó Nate sin apartarle la mano del vientre. Al menos la estaba tocando, aunque fuera varios centímetros más abajo de donde le gustaría.

Jessie asintió y estiró la espalda.

–Al principio no estaba segura porque solo era como un ligero aleteo.

Nate no se había preguntado nunca cuándo sentía una mujer embarazada moverse al bebé.

–¿Hace cuánto fue eso?

–Lo noté por primera vez hace tres semanas, y luego se fue haciendo más fuerte y más frecuente –Jessie sonrió–. Ahora empiezo a sentir como si me diera codazos suaves.

–¿Y no te hace daño? –si él tuviera algo moviéndose en su interior estaría tan mareado como un niño de cinco años que hubiera tomado demasiadas golosinas.

En lugar de responder a su pregunta, Jessie utilizó el dedo índice para darle un toquecito justo encima del ombligo. Nate se echó a reír al instante y le agarró la mano para evitar que volviera a hacerlo.

–No es justo –sonrió–. Sabes que ese es el único lugar en el que tengo cosquillas.

–Querías saber qué se siente –respondió ella riéndose también–. Solo quería hacerte una demostración.

Nate la atrajo más hacia sí y sus miradas se cruzaron. A los dos se les borró la sonrisa.

–Quiero besarte, Jessie.

–Eso no sería una buena idea –murmuró ella con tono poco convincente.

–¿Tú quieres que te bese, cariño? –le preguntó Nate cubriéndole la mejilla con la palma de la mano.

–No.

Nate la besó en la mejilla y en la punta de la nariz.

–No sabía que fueras una mentirosa.

Ella se le quedó mirando durante lo que le pareció una eternidad antes de responder.

–Nate, hay momentos en los que lo que queremos no es lo que nos conviene.

Si quedaba alguna duda respecto a si tenía miedo de que volviera a hacerle daño, ahí estaba la respuesta. Nate podía atormentarse por haberle causado a Jessie tanto dolor, pero ya no podía cambiarlo. Lo único que podía hacer ahora era seguir adelante y asegurarse de que no volviera a suceder.

–Cariño, sé que he sido un malnacido sin sentimientos, y tienes todo el derecho a no querer saber nada de mí –dijo escogiendo cuidadosamente las palabras–. Créeme, si pudiera volver atrás y hacer las cosas de otra manera, lo haría. Pero eso forma parte del pasado, y además, las circunstancias han cambiado. Lo único que puedo hacer es darte mi palabra de que no volverá a suceder.

–Por el bebé –murmuró Jessie.

Nate asintió y vio cómo se mordía el labio inferior para que no le temblara. Supo que estaba tratando de mantener las lágrimas a raya. Le partía el corazón saber que él era el motivo de aquel dolor. Le recordó a las veces que había visto llorar a su madre por algo que su padre había dicho o hecho. Tal vez no fuera capaz de comprometerse de por vida, pero tenía claro que no debía ser algo lleno de estrés e incertidumbre. Nate juró en silencio hacer todo lo que estuviera en su mano para no volver a causarle a Jessie un daño emocional así.

–Nate, ya hemos pasado por esto antes –dijo ella con voz temblorosa.

Una única lágrima le resbaló por la mejilla, y él se la quitó con el pulgar. Luego besó el lugar por el que había pasado.

–Ya sé que hablamos de esto el otro día y que yo te pedí que me dejaras demostrarte que puedo cambiar. Pero no puedo hacerlo si no me dejas abrazarte ni besarte. Necesito poder demostrártelo, Jessie.

Ella cerró los ojos y murmuró:

–Estoy cansada de tus juegos de empezar y terminar, Nate.

–Lo sé, cariño –reconoció él abrazándola con más fuerza. Estaba a la defensiva y no podía culparla. La abrazó durante varios segundos mientras trataba de encontrar las palabras adecuadas que la llevaran a dar un salto de fe–. Siento haberte tratado así en el pasado, y soy el primero en admitir que deberían dispararme por ello. Pero me encuentro en terreno desconocido y estoy intentando hacer lo que creo que está bien. Lo único que puedo hacer ahora es pedirte que me perdones y confíes en mí.

–Eso es mucho pedir –dijo Jessie abriendo los ojos y mirándole fijamente.

Él asintió y se inclinó para darle un beso en la mejilla.

—Sé que hace falta mucho valor, Jessie. Pero si no te arriesgas nunca lo sabrás seguro. Dame esa oportunidad y te juro que nunca te arrepentirás.

La mirada de Jessie le indicaba que todavía estaba asustada, pero para su alivio, cuando empezó a bajar la cabeza, no se apartó. Le rozó suavemente la perfecta boca con la suya y se preguntó cómo había sido capaz de mantenerse alejado de ella.

Siempre sentía lo mismo cuando volvía a pedirle otra oportunidad, y por un instante se preguntó si volvería a asustarse cuando las cosas empezaran a volverse más serias de lo que él pretendía. Pero tendría que dejar aquella preocupación de lado. Estaba decidido a hacer lo correcto y casarse con ella, que era lo que su padre adoptivo esperaría. Pero no podía evitar preocuparse por el siguiente paso. ¿Y si era Jessie quien le dejaba cuando supiera por qué había aterrizado en el sistema de acogida con su hermano cuando eran niños?

Los labios de Jessie, suaves y dulces, se agarraron a los suyos y Nate olvidó todas sus reservas. Cuando la besó más apasionadamente para explorarla mejor, ella le rodeó los hombros con los brazos. A Nate le dio un vuelco al corazón y se quedó sin aire cuando Jessie le besó a su vez. La saboreó como si fuera un buen vino, acariciándole suavemente la lengua con la suya mientras imitaba una unión más íntima. Su cuerpo comenzó a ponerse más tirante. Decidió entonces que sería mejor poner fin a las caricias antes de que las cosas fueran demasiado lejos, y empezó a apartarse. Al parecer Jessie le iba a dar otra oportunidad y no quería estropearlo. Además, solo añadiría más tensión a su ya frustrada libido.

Pero al parecer Jessie tenía otras ideas, y tomando repentinamente el control, hizo una pequeña exploración por su cuenta. El cuerpo de Nate se endureció tan rápidamente que se mareó, y tuvo que moverse para evitar que los vaqueros lo castraran.

–Creo que ha llegado el momento de que te acompañe a tu habitación –dijo tratando de llenarse los pulmones de aire.

Todo le urgía a volver a besarla, y con mucha más pasión. Pero no podía arriesgarse a cometer alguna estupidez en aquel momento. Un movimiento en falso le daría a Jessie motivos para terminar con él para siempre.

Cuando subieron la escalera y la acompañó a su dormitorio, la besó en la mejilla, dio un paso atrás y se dispuso a bajar.

–Felices sueños, cariño.

–¿No te vas a acostar? –preguntó ella.

Nate se giró y sacudió la cabeza.

–Tengo un rodeo a la vista y necesito entrenar un poco.

–Gracias por invitarme a ir contigo el próximo fin de semana –Jessie le dirigió una sonrisa que le aceleró el pulso–. Estoy deseando verte montar.

Nate asintió.

–Y yo estoy deseando tenerte allí conmigo.

Cuando Jessie entró en la habitación y cerró la puerta, Nate se dio cuenta de que era verdad. Estaba deseando que le viera montar. Era algo que había estado evitando para que las cosas entre ellos fueran menos serias y que Jessie no pensara que eran una pareja.

Pero ahora, aquello era lo último que tenía en mente. Tenía un fuego en la sangre que solo Jessie podía apagar. Y como hacer el amor con ella no era una opción todavía, su intención era agotarse. Tal vez entonces pudiera dormir un poco.

Nate bajó las escaleras, entró en la sala de entrenamiento, se quitó la camisa, agarró unas pesas de once kilos y empezó a hacer bíceps a un ritmo frenético. Tenía suficiente adrenalina en las venas como para aplastar un tractor, y teniendo en cuenta que no podía pensar más que en la mujer que estaba arriba, iba a necesitar un milagro para liberarse de tanta energía.

Media hora más tarde, cuando subió la escalera y avanzó por el pasillo hacia su habitación, Nate se detuvo para mirar la puerta cerrada que había al otro lado del pasillo. Sabía a ciencia cierta que estaba destinado a vivir otra mala noche. En lo único que podía pensar era en tener a Jessie en su cama, en abrazarla y hacerle el amor hasta que amaneciera. El cuerpo empezó a arderle de deseo de un modo que le resultaba demasiado familiar.

Suspiró resignado, consciente de que una vez más iba a tener que sufrir una ducha lo suficientemente fría como para congelar las bolas de una mesa de billar.

Capítulo Cuatro

Cuando Jessie y Nate subieron los escalones de la tribuna del rodeo de Amarillo, él le tomó de la mano, y el calor que la atravesó la dejó sin aliento.

Desde la charla que tuvieron unas noches atrás, Nate había aprovechado todas las oportunidades para recordarle cómo podrían ser las cosas entre ellos con besos dulces y caricias que la dejaban temblando. Pero no tenía que pararle para que no fuera más lejos. Sabía que Nate quería más, pero, fiel a su promesa, no la estaba presionando. El único problema era que para ella suponía un calvario no pedirle que lo hiciera. Nunca habían estado juntos tanto tiempo sin hacer el amor y echaba de menos aquella intimidad.

Cuando llegaron a la zona donde se sentaban las familias y el personal del rodeo, Jessie se alegró de ver a Summer y a Bria saludándoles con la mano. Al menos podría sentarse con alguien conocido mientras esperaba a que Nate saliera a competir.

–No sabía que tus hermanos y sus esposas estarían aquí –comentó cuando llegaron a la fila de asientos en la que estaban las mujeres con sus hijos.

–Ryder es uno de los toreros y Sam es el dueño de la ganadería –respondió Nate colocándose el sombrero de ala ancha en la cabeza. Le pasó el brazo por los hombros y le dio un beso fugaz–. Siento tener que dejarte aquí, pero debo ir al registro a ver cómo me ha ido el sorteo.

Jessie frunció el ceño.

–¿El sorteo?

–El toro y el caballo que voy a montar hoy –afirmó él sonriendo.

–Creo que necesito un curso acelerado de terminología de rodeo –sonrió ella–. Vamos, haz lo que tengas que hacer. Yo me quedaré con Bria y Summer. Estaré bien –le aseguró–. Estoy deseando volver a hablar con ellas.

–Te veré después del rodeo con el toro –dijo Nate dándole otro beso.

Luego se dio la vuelta para dirigirse a la oficina de registro y Jessie fue a ocupar el sitio vacío que había entre Summer y su hija Katie.

–Me alegro de que estéis vosotras dos para explicarme de qué va esto –dijo cuando se sentó.

–¿Es la primera vez que ves a Nate montar? –preguntó Bria.

Jessie asintió.

–Normalmente trabajo los fines de semana.

No quería explicar que aquella era la primera vez que Nate le pedía que fuera a verle. Le resultaba un poco vergonzoso admitir que no había significado mucho para él.

–¿Ya te has tomado la baja de maternidad? –preguntó Summer recolocándose a su hija dormida en el regazo.

–No, me tomé unos días de vacaciones para estar con Nate hasta Acción de Gracias –admitió. Resumió lo que él le había pedido y luego añadió–, teniendo en cuenta nuestra historia, no tengo claro que esté haciendo lo correcto.

–Entiendo tus reservas –dijo Bria amable–. Ha sido extremadamente desconsiderado en el pasado y tienes todo el derecho a no confiar en él. Pero no creo que debas preocuparte por nada. En el fondo Nate es un buen tipo y será un padre maravilloso –Bria sonrió–. En cualquier caso, ahora tienes tú la sartén por el mango en la relación. No dudes en hacer que se arrastre unas cuantas veces. Se lo merece.

–Bria tiene razón –reconoció Summer–. Se merece pasar un mal rato. Pero que yo sepa, ninguno de los seis hermanos ha faltado nunca a su palabra. Si Nate dice que quiere casarse contigo y formar parte de la vida del bebé, te puedo garantizar que habla en serio.

A Jessie no le cabía ninguna duda de que Nate sería un buen padre. Era estupendo con sus sobrinos y estaba segura de que querría a su hijo. Pero no tenía un buen historial en lo que se refería a su relación, y aunque Jessie había accedido a dejar que le mostrara cómo podrían ser las cosas entre ellos, cabía la posibilidad de que perdiera interés en ella como le había sucedido en el pasado.

Por esa razón, aunque le resultara extremadamente difícil mantenerse alejada de su cama, era mejor así. Si hacían el amor, sabía que se volvería a enamorar de él, y eso no se lo podía permitir. Su deber era proteger al bebé, pero también necesitaba protegerse el corazón. Desgraciadamente, en lo que a Nate se refería, no parecía tener opción. Desde que se conocieron había sido su mayor debilidad, y parecía que así sería siempre.

–Jaron compite hoy, igual que Nate –comentó Bria

cuando el presentador anunció a los vaqueros que se habían clasificado para la Final Nacional en Las Vegas.

–¿Va a venir Mariah a verle? –preguntó Jessie.

Bria negó con la cabeza.

–Él nunca se lo ha pedido, y Mariah tampoco vendría aunque se lo pidiera. Se niega a ver a Jaron montar, y menos a un toro. Tiene miedo de que resulte herido, y no puede soportar la idea de estar delante si eso ocurre.

–Entiendo cómo se siente –admitió Jessie–. Yo estoy nerviosa al pensar que voy a ver a Nate subido al lomo de un animal que solo tiene en mente tirarlo al suelo para patearlo.

Summer suspiró.

–Sé a qué te refieres. Aunque Ryder no monta y le he visto evitar accidentes de vaqueros más veces de las que puedo recordar, sigo conteniendo el aliento cuando salta delante de un toro para distraerlo.

–¿Cuánto tiempo va a seguir Ryder toreando? –preguntó Bria–. Sé que ha reducido mucho el trabajo desde que nació Katie y que solo va a los rodeos en los que compiten Nate y Jaron.

–Dice que lo dejará completamente cuando ellos dejen de montar –Summer le dirigió a Jessie una sonrisa tranquilizadora–. Aunque yo me ponga muy nerviosa, mi marido es uno de los mejores en lo suyo. Movería cielo y tierra para que Nate y Jaron no resultaran heridos. Aunque eso signifique arriesgar su propia seguridad.

Bria asintió.

–Sam me dijo que todos los montadores de toros

respiran más tranquilos cuando saben que Ryder va a estar en el evento.

Nate le había dicho muchas veces a Jessie que su hermano Ryder era uno de los hombres más valientes que había conocido, y que tenía una vena protectora para los suyos. Saber que él estaba a cargo de la seguridad de los hombres hacía que se sintiera un poco más relajada. Pero al ser enfermera, había visto el daño que podían hacer esos animales al cuerpo humano, y la idea de que algo parecido pudiera sucederle a Nate o a alguno de sus hermanos le asustaba mucho.

Cuando empezó el rodeo, Jessie hizo todo lo posible por relajarse y disfrutar del evento. No podía creer lo rápido que eran algunos vaqueros echando el lazo y atando a los becerros.

–El siguiente número es el de montar a pelo –dijo Brian mirando el programa–. Nate y Jaron participan.

–Los caballos no son tan peligrosos como los toros, ¿verdad? –preguntó Jessie confiando en estar en lo cierto.

Bria sacudió la cabeza.

–Si el caballo arroja al vaquero antes de que suene el segundo bocinazo a los ocho segundos, no se da la vuelta para intentar hacerle daño.

Varios participantes intentaron montar los caballos que habían llevado al evento, y algunos incluso lo consiguieron. Y luego anunciaron a Nate. Desde los asientos de la grada tenían una excelente visión de los jinetes subidos a los lomos de los animales, y Jessie se sentó al borde cuando vio que el caballo gris que Nate estaba intentando montar se encabritaba.

–¿Eso pasa con frecuencia? –preguntó alarmada.

Mientras miraba, el equipo ayudó a Nate a recolocarse en el lomo del caballo como si no pasara nada.

–Hay algunos caballos que tienen la mala costumbre de encabritarse en el chiquero y los hombres que están en la puerta saben que tienen que ponerle una cuerda al caballo para evitar que se levante de las patas traseras y se haga daño a sí mismo o al jinete –Bria frunció el ceño–. Pero esta es la primera vez que veo a Silver Streak hacerlo. Normalmente espera estar en la arena para volverse loco.

Jessie había olvidado que Sam era el ganadero que proporcionaba los animales para los distintos eventos. Por supuesto, Bria estaba familiarizada con el ganado y sus costumbres particulares.

Cuando Nate estuvo acomodado en el lomo del animal, le hizo un gesto con la cabeza al hombre que estaba en el chiquero para que abriera la puerta. El caballo salió a la arena y empezó a pegar coces y a echarse hacia un lado como si intentara tirar a Nate.

–Silver Streak se está superando –afirmó Bria emocionada–. Si Nate es capaz de aguantar los ocho segundos, conseguirá de las mayores puntuaciones del día.

–¿Cómo lo sabes? –preguntó Jessie respirando más tranquila cuando el bocinazo señaló el final de los ocho segundos y dos vaqueros salieron en caballos ensillados para ayudar a Nate a bajar de su montura.

–El cincuenta por ciento de la puntuación depende de cómo se agite el caballo, y el otro cincuenta en lo bien que lo monte el jinete –explicó Summer–. Silver Streak ha hecho todo lo posible por tirar a Nate, pero el trabajo de Nate ha sido excelente y ha aguantado los ocho segundos.

Summer acababa de terminar la explicación sobre el sistema de puntos cuando el altavoz anunció la puntuación de Nate. Comparado con los jinetes anteriores, iba en cabeza con mucha diferencia.

—Va a ser difícil superar eso —aseguró Bria sonriendo.

—Estoy segura de que el próximo jinete lo intentará —dijo Summer riéndose cuando anunciaron el nombre de Jaron.

—¿Existe rivalidad entre Nate y Jaron? —preguntó Jessie sintiéndose orgullosa por el logro de Nate.

—Todos los chicos con muy competitivos —respondió Bria—, pero también se alegran de los éxitos de los demás.

Summer asintió.

—Si Nate gana, Jaron será el primero en felicitarle. Nate haría lo mismo si fuera al revés.

—Me encanta cómo se apoyan unos a otros —afirmó Jessie con sinceridad. Ella venía de una familia que no había fomentado un lazo fuerte, y les tenía envidia.

—Han pasado por mucho, y yo juré cuando me casé con Sam que les ayudaría a seguir unidos —admitió Bria—. Por eso hacemos tantas fiestas y reuniones familiares. Es una buena forma de mantener el lazo que formaron cuando eran adolescentes.

—Me encanta que Katie y yo formemos parte de todo eso —dijo Summer sonriendo—. Pasé de no tener hermanos a contar con esta maravillosa familia que me hace sentir como si siempre hubiera formado parte de ella —le apretó a Jessie la mano—. El bebé y tú también formáis parte de ella ahora.

—Gracias —dijo Jessie conteniendo las lágrimas mientras veían lo que quedaba de rodeo.

No veía cómo podía ser considerada una de ellos si Nate y ella no estaban juntos. Pero era un gran consuelo saber que su hijo contaría con el amor y el apoyo de una familia tan maravillosa y grande.

Cuando empezó el evento, Jessie ya se había relajado un poco más. Pero cuando Nate se subió al lomo de aquel enorme toro, el cuerpo se le puso tenso. Incapaz de mirar, cerró los ojos.

Los abrió justo a tiempo de ver a Nate desmontar y caer de rodillas. Por suerte, el animal demostró ser bastante dócil. En lugar de buscar venganza, el toro se marchó de la arena trotando sin molestarse siquiera en mirar a Nate. Aquello la tranquilizó bastante. Ahora lo único que le quedaba a Nate era montar dos toros más en los dos siguientes días sin resultar herido y ella podría relajarse por completo.

Tras una agradable cena con sus hermanos y sus esposas, Nate llevó el equipaje de Jessie al vestíbulo del hotel y se detuvo en el mostrador de recepción. Habían llegado tarde para hacer el registro, pero confiaba en que les alojaran sin demasiado problema. El trayecto hasta Amarillo había llevado más tiempo del esperado.

–Tengo dos habitaciones reservadas para las próximas tres noches –dijo acercándose al mostrador.

Cuando el recepcionista alzó la mirada, le dijo su nombre y esperó mientras comprobaba la información en el ordenador.

–Lo siento, señor Rafferty, solo tenemos reservada una suite para las tres noches –dijo el hombre sacudiendo la cabeza.

–¿Ocurre algo? –preguntó Jessie acercándose a él.

–Solo tienen la reserva de una habitación –dijo Nate conteniendo las ganas de soltar una palabrota. Jessie no iba a creerse que aquello era un fallo del hotel y no un truco por su parte para estar con ella.

–Pero me dijiste que tendríamos dos habitaciones –murmuró ella con tono suspicaz.

–Así es –echó mano al bolsillo de los vaqueros y sacó la cartera. Sacó el carné de identidad y la tarjeta VIP del hotel y se los pasó al recepcionista–. Por favor, vuelva a comprobar los archivos. Reservé una suite hace más de tres meses y luego llamé a principios de esta semana para reservar otra.

Sin hacer ningún comentario, el hombre tecleó la información en el ordenador y luego alzó la vista.

–Creo que ya sé qué ha pasado. La persona con la que habló para hacer la reserva de la segunda habitación puso en el sistema que quería usted una suite con dos camas en lugar de dos suites con una cama.

Nate sacudió la cabeza.

–Como sea. Necesito dos suites.

El hombre se encogió de hombros como si no supiera qué más hacer.

–Lo siento, pero no puedo darle otra habitación, estamos completos. Se celebra un rodeo en la ciudad.

Nate puso los ojos en blanco y señaló las chaparreras de cuero que tenía en el brazo.

–Sé que se celebra un rodeo en la ciudad –miró el nombre del recepcionista–. Pero eso no soluciona nuestro problema, ¿verdad, Ralph? No me gustaría tener que alojarme en otro sitio a partir de ahora porque no haya sido usted capaz de satisfacer mi petición.

Ralph sacudió al instante la cabeza.

–Eso no será necesario, señor Rafferty. Veré lo que puedo hacer.

–Nate, quedémonos con la suite que tenías tú –dijo entonces Jessie para su sorpresa.

–¿Estás segura? –le preguntó.

Estar en la misma habitación que Jessie, aunque fuera una suite, dormir tan cerca de ella y no poder hacerle el amor sería como jugar con dinamita.

–Estoy cansada, y seguro que tú también –asintió Jessie–. Mientras haya dos camas, no tiene por qué ser un problema.

Una repentina oleada de calor se apoderó de su cuerpo, y Nate apretó los dientes al girarse otra vez hacia el mostrador de recepción. Tal vez compartir habitación no fuera un problema para Jessie, pero para él iba a ser un infierno. Desgraciadamente, no tenían más opciones.

–Nos quedaremos con lo que tienen –dijo.

–¿Necesitan ayuda con el equipaje? –preguntó Ralph dándole a Nate dos tarjetas.

–No, yo me ocupo –contestó Nate firmando la hoja de registro.

Unos minutos más tarde, cuando Jessie y él subían por el ascensor a la cuarta planta, Nate no pudo evitar preguntarse si tener que dormir tan cerca de Jessie en lugar de con ella no sería su penitencia por el modo en que había manejado su relación en los últimos dos años y medio. Si pensaba que había vivido un infierno en los últimos días al tenerla en la habitación de enfrente, no podía imaginar lo que sería dormir a unos cuantos metros de ella.

–Está muy bien –dijo Jessie al abrir la puerta del dormitorio, sin duda ajena al torbellino interior de Nate–. Qué bonita –acarició la cara colcha de seda de una de las camas–. ¿Cuál prefieres?

–Me da igual –respondió Nate. Dejó el equipaje en el suelo del dormitorio y se quitó las chaparreras. Luego se dio la vuelta y vio cómo Jessie se acercaba a las puertas del balcón para mirar la brillante línea del horizonte de Amarillo.

–Esta habitación tiene unas vistas maravillosas.

–Es una ciudad bonita –reconoció Nate sin apartar la vista de ella. Se dio cuenta de que estaba un poco nerviosa y trató de tranquilizarla–. ¿Te apetece algo de comer o de beber? –preguntó señalando el minibar.

–Acabamos de cenar con tus hermanos y sus esposas.

–Oí que les decías a Bria y a Summer que siempre tienes hambre –dijo Nate sonriendo–. Pensé que te vendría bien comer algo antes de acostarte.

–Creo que me voy a dar una ducha y luego dormiré –afirmó ella abriendo una de sus dos bolsas.

Nate agarró el enorme mando.

–Creo que voy a ver un poco la televisión. ¿Te importa?

Jessie negó con la cabeza mientras sacaba de la bolsa un camisón rosa y una bolsa de aseo con rayas.

–No, adelante, ve lo que quieras, no me molesta –se rio–. Creo que la otra noche demostré que puedo quedarme dormida pongan lo que pongan en televisión.

Nate apenas logró sonreír mientras ella entraba en el cuarto de baño. En lo único que podía pensar era en Jessie quitándose la ropa para entrar en la ducha y en él acompañándola. El cuerpo se le puso tenso hasta llegar a un estado casi doloroso cuando recordó las veces que se habían duchado juntos.

Apretando las mandíbulas con tanta fuerza que habría hecho falta una palanca para abrirlas, se sentó al borde de una de las camas y se quitó las botas. ¿Cómo diablos iba a sobrevivir a una noche estando en la misma habitación que Jessie sin poder hacerle el amor? Y menos todavía a tres noches.

–Nate, por favor, ¿puedes mirar si hay almohadas extras en el estante del armario? –preguntó Jessie cuando salió del baño unos minutos más tarde.

Nate hizo todo lo posible para no quedarse mirándola fijamente mientras ella se acercaba a la cama para guardar en la maleta la ropa que llevaba antes. El camisón rosa que tenía puesto ahora no habría resultado ni remotamente sexy en circunstancias normales. Le llegaba hasta las rodillas, era completamente opaco y no tenía forma. Pero no parecía importar. Saber que seguramente no llevaría nada debajo aparte de las braguitas hacía que se sintiera como un joven semental ante su primera yegua.

–¿Te encuentras bien? –le preguntó Jessie al ver que seguía mirándola fijamente.

–Estupendamente –murmuró él conteniendo un gemido.

–¿Puedes mirar en el armario? –le volvió a pedir ella.

–Ah, sí. Almohadas –centrándose en su petición, Nate miró dentro del armario y sacudió la cabeza–. No hay más. ¿Para qué las necesitas?

–Me olvidé traer la almohada de cuña –Jessie frunció el ceño–. Siempre me la pongo a un lado del vientre y me coloco otra en la espalda.

–Puedes usar una de las mías –se ofreció él, consciente de que daba igual cuántas almohadas tuviera. No iba a poder dormir.

–O puedes llamar a recepción y que suban una –sugirió Jessie.

Nate sacudió la cabeza.

–Da igual, yo solo necesito una.

–¿Seguro que no te importa? –ella siguió ordenando la ropa de la maleta–. Tienes que descansar para la competición de mañana.

Si Nate no encontrara la situación tan deprimente, se habría reído ante la errónea suposición de que iba a ser capaz de relajarse lo suficiente como para dormir. Pero estar excitado durante una semana no tenía nada de gracioso. Finalmente había estallado y había encontrado alivio por sí mismo, pero aquello era muy superficial y solo aliviaba su incomodidad física. No servía en absoluto para mitigar el vacío que sentía al no tener a Jessie entre sus brazos.

–Creo que voy a darme una ducha –dijo sin saber muy bien cuántas duchas frías más podría soportar su maltrecho cuerpo. Agarró una muda de la bolsa de viaje y señaló la cama en la que estaba seguro que no lograría conciliar el sueño en toda la noche–. Adelante, llévate las dos almohadas si las necesitas.

Confiaba en que cuando saliera de la ducha, Jessie estuviera en la cama, cubierta hasta las orejas y profundamente dormida. Al entrar en el dormitorio diez minutos más tarde con los dientes castañeándole, metió la ropa en la bolsa y cuando se giró vio a Jessie acurrucada en un nido de almohadas. Desgraciadamente, estaba completamente despierta.

–¿No puedes dormir? –le preguntó tratando de no tiritar.

–No encuentro una postura cómoda –respondió Jessie incorporándose.

Nate frunció el ceño.

–¿Le pasa algo a la cama?

Ella negó con la cabeza mientras apretaba la almohada que tenía a la espalda.

–No, la cama está bien. Son las almohadas. Demasiado blandas. Se aplastan en cuando me apoyo en ellas.

–¿Tiene algo que ver con el embarazo? –preguntó Nate.

–Sí –Jessie volvió a apretar la almohada antes de rendirse y volver a recolocarla en la cama–. Como paso mucho tiempo de pie en el hospital, intento asegurarme de proteger y descansar los músculos de la espalda todo lo posible.

–¿Es porque tu vientre se hace más grande? –preguntó Nate.

Jessie asintió y se apartó el rubio y sedoso cabello de los ojos.

–Ya he empezado a usar un cinturón de apoyo maternal en el trabajo.

Nate no quería saber para qué servía eso. Ya solo el nombre sugería algo incómodo. La idea de ser el responsable de que Jessie experimentara incomodidad le hacía sentirse culpable.

–Lo siento, cariño –dijo sentándose a un lado de su cama.

Ella parecía confusa.

–¿Por qué te disculpas?

–Si no te hubiera dejado embarazada no tendrías todos esos problemas de espalda –dijo Nate. Se sentía como un pez fuera del agua. Tenía que investigar todo lo que Jessie estaba pasando para saber cómo ayudarla y facilitarle las cosas.

En lugar de aceptar su sentido gesto, ella se rio.

–No tengo problemas de espalda, Nate. Todavía. Lo que estoy haciendo es trabajo preventivo –sonrió y le puso la mano en el antebrazo, provocándole un escalofrío por todo el cuerpo–. Y aunque tenga dolores de espalda en los últimos meses de embarazo, todo valdrá la pena cuando pueda abrazar al bebé.

La certeza de que estaba deseando tener al niño en lugar de ver aquel embarazo no deseado como un error, le provocó a Nate una sensación cálida que se le extendió por el pecho.

–¿Lo dices de verdad?

–Por supuesto –afirmó poniéndose la mano en el vientre–. ¿Por qué iba a ser de otra manera?

Nate se encogió de hombros.

–Como no era la persona que mejor te caía del mundo cuando descubriste que estabas embarazada, no estaba muy seguro de cómo te sentirías.

–No importa lo que sucediera en el pasado ni lo que ocurrirá en el futuro, eso no cambia lo que siento por nuestro hijo –aseguró Jessie muy seria–. Tal vez no tuviera esto planeado, pero quise a este niño desde el momento que supe que estaba embarazada.

–O de ella –puntualizó Nate con una sonrisa–. No sabremos el sexo hasta dentro de una semana.

—Mientras venga sano, me da igual que sea niño o niña —afirmó ella con rotundidad.

Nate se la quedó mirando y, para sorpresa de ambos, señaló el centro de la cama.

—Muévete.

—Nate…

—Voy a ser el apoyo de tu espalda —le informó él colocándola sin esfuerzo en el centro del colchón.

Seguramente había perdido la cabeza al pensar que podría abrazarla toda la noche sin perder el poco sentido común que le quedaba. Pero Jessie necesitaba descansar y él se encargaría de que así fuera, por mucho que le costara.

Cuando se tumbó a su lado, se puso de costado y la atrajo hacia su pecho desnudo.

—¿Estás cómoda así? —le preguntó mientras ella se colocaba una almohada bajo el vientre.

—Sí, gracias —Jessie se quedó muy quieta—. ¿Por qué estás tan frío?

—Tuve que darme una ducha —respondió Nate con sinceridad.

—Una ducha fría —el tono de Jessie indicaba que sabía perfectamente por qué—. Tal vez no sea tan buena idea que me sostengas la espalda —sonaba adormilada y nada convincente.

—Estás bien, ¿no? —le preguntó él rozándole el cuello con los labios. Le encantó sentir su sedoso cabello en la cara, y no se lo pensó dos veces antes de inclinarse para darle un beso en la mejilla.

—Mmm —murmuró ella acurrucándose contra él.

—Entonces no te preocupes por nada, cariño —dijo Nate sintiendo cómo su cuerpo empezaba a reaccionar.

Aspiró con fuerza el aire y trató de relajarse–. No va a ocurrir nada a menos que tú no quieras.

–Aunque pasé miedo, me gustó... verte montar hoy... –susurró Jessie adormilada–. Eres muy bueno.

Antes de que Nate pudiera decirle que lamentaba no haberle pedido que fuera a verle nunca y que saber que ella estaba allí era el único incentivo que necesitaba para montar mejor, se dio cuenta de que se había quedado dormida. La besó en un lateral de la frente, cerró los ojos y trató de relajarse él también.

Aunque la deseaba más de lo que necesitaba respirar, empezó a sentir que se estaba quedando dormido y se preguntó brevemente si solo estaba agotado o si se debía al hecho de que tenía a Jessie entre sus brazos. Pero mientras estaba allí disfrutando de la sensación de su suave cuerpo contra el suyo, una oleada de proteccionismo desconocida se apoderó de él. Y su último pensamiento antes de caer en el primer sueño pacífico que había experimentado en una semana fue que movería cielo y tierra para conservar a aquella mujer en su vida y en su cama por mucho miedo que le diera estropear las cosas.

Capítulo Cinco

El domingo por la tarde, Jessie estaba sentada en la tribuna del rodeo con Bria, Summer y sus hijos viendo cómo llevaban a los toros al chiquero para el evento. Nate había salido ileso los dos últimos días y se había ganado el derecho a competir en la ronda final. Si conseguía superar esta competición sin resultar herido, Jessie respiraría aliviada. Al menos hasta que Nate volviera a subirse a lomos de uno de aquellos bravos animales.

Mientras seguía mirando la actividad en torno al chiquero, Nate apareció ante sus ojos y Jessie contuvo el aliento. Era sin duda el vaquero más sexy que había visto en su vida. Llevaba puesta una camisa de cuadros rojos de manga larga remangada a la altura de los bíceps para evitar que se le enredara en la cuerda. Tenía los músculos fuertes, bien definidos, y cuando la rodeaba con sus brazos al dormir se sentía en el cielo.

Al pensar en las dos últimas noches se le henchía el pecho de emoción por lo solícito que se había mostrado Nate. Cada noche le dejaba apoyar la espalda contra su pecho y ella se acurrucaba en él. Y sabía el sacrificio que suponía para Nate. Había sentido su excitación varias veces, pero se mostró como un perfecto caballero y no trató de convencerla para que hicieran el amor. Le había dicho que no pasaría nada entre ellos a menos que Jessie quisiera y se había mostrado fiel a su palabra. El problema estaba en que ella había tenido que contenerse las dos noches para no darse la vuelta hacia él para volver a sentir una vez más la fuerza de su acto amoroso.

Resultaba muy tentador lanzarse a la piscina y entregarse a lo que sabía que ambos anhelaban. Pero tenía que mantenerse firme, y no solo por el bien del bebé. Tenía que considerar el efecto que tendría también sobre Nate. Se notaba que estaba haciendo todo lo posible para que aquello funcionara, algo que nunca antes había hecho. Si volvían a hacer el amor y Nate descubría que no podía comprometerse a largo plazo, estaba segura de que terminaría odiándose a sí mismo por haberle hecho daño otra vez. En lugar de permitir que eso ocurriera, era mejor para todos no llegar a aquel punto.

–Nate es el siguiente –dijo Bria sacando a Jessie de sus pensamientos.

–¿Qué tipo de carácter tiene el toro que va a montar? –preguntó Jessie con la esperanza de que el animal no fuera tan revirado como otros que había visto.

Bria se estremeció.

–Me temo que ese toro es conocido por su afán de cornear.

Jessie contuvo el aliento.

–Por favor, dime que estás de broma.

–No te preocupes, Jessie –dijo Summer apretándole suavemente la mano–. Ryder estará allí para distraer al toro cuando llegue el momento de que Nate desmonte.

Incapaz de apartar la mirada de Nate cuando se subió al chiquero para colocarse encima del toro, Jessie se limitó a asentir mientras continuaba agarrando la mano a Summer. Contuvo el aliento cuando Nate se reclinó un poco hacia atrás, asintió brevemente con la cabeza para indicar que estaba listo y el chiquero se abrió de golpe.

El toro empezó a saltar al instante. Parecía que su única intención era tirar al hombre que tenía encima. Cuando Nate empezó a deslizarse hacia un lado, Jessie sintió que el corazón le había dejado de latir hasta que volvió a incorporarse en medio del enorme lomo del animal.

Cuando sonó el bocinazo que señalaba el final de los ocho segundos, todo pareció moverse a cámara lenta. Ryder corrió hacia el toro para llamar su atención y que Nate pudiera desmontar, pero Jessie supo al instante que algo no iba bien. Seguía agarrando la cuerda del toro cuando se deslizó por su costado.

Jessie se puso de pie de un salto y se tapó la boca con la mano para contener un grito. Un terror como nunca había experimentado le recorrió todas las venas del cuerpo al ver a Nate arrastrándose como un muñeco mientras el toro seguía agitándose. Jessie quería hacer algo para librarle del furioso animal, pero lo único que pudo hacer fue limitarse a mirar cómo Ryder corría al otro costado del toro y trataba de soltarle la mano de la cuerda.

–Nate se ha quedado colgado de la cuerda del toro y no se puede poner de pie –dijo Bria con expresión preocupada.

Tanto Bria como Summer estaban acostumbradas a ver todo tipo de cosas en los rodeos. Y si estaban preocupadas, Jessie sabía que debía ser grave.

Otro torero hizo todo lo que pudo para distraer a la bestia mientras Ryder intentaba desatar la mano de Nate, pero cuando finalmente lo liberó y Nate cayó de rodillas sobre la sucia arena, no se levantó y salió corriendo hacia la valla como había hecho en otras ocasiones. Mientras los toreros conseguían apartar al toro de Nate, Jessie observó cómo Ryder se arrodillaba al lado de su hermano y Jaron saltaba a la arena para ver qué pasaba. Se le encogió el corazón cuando hicieron una señal a los camilleros para que entraran.

Consciente de que el equipo médico lo sacaría de la arena para llevarlo a una zona de traje en la que le evaluarían la herida, Jessie se giró hacia Summer.

—¿Dónde lo van a llevar?

—Seguidme —dijo Summer agarrando la bolsa de pañales de su hija y bajando los escalones de la tribuna. Había sido relaciones públicas de la Asociación de Rodeo, y supo guiarlas hacia la parte de atrás, donde había varios encargados—. ¿Dónde está la sala de entrenamiento?

—Lo siento, señora, pero no pueden entrar ahí —dijo uno de los hombres sacudiendo la cabeza—. Solo está permitido el paso al personal autorizado.

—Intente impedírmelo —afirmó Jessie con decisión.

—Si necesita una autorización, hable con Sam Rafferty y dígale que su mujer y sus cuñadas van a ir a la sala de entrenamiento para ver cómo está su hermano herido —dijo Bria dando un paso al frente—. Estoy segura de que le dirá que no es aconsejable intentar detenernos. Y ahora, apártese.

El hombre miró a las dos mujeres que llevaban en brazos a sendos bebés dormidos y luego a Jessie, a quien se le notaba claramente el embarazo. Al parecer decidió que no valía la pena discutir y se apartó al instante de su camino.

–Es la segunda puerta a la derecha, señora Rafferty –dijo a gritos mientras ellas corrían por el pasillo.

Cuando llegaron a la sala de entrenamiento, Summer señaló hacia una puerta abierta que había al final del pasillo.

–Te esperaremos en la sala de prensa.

–Gracias –dijo Jessie antes de salir corriendo.

Al entrar en la sala de entrenamiento sintió un gran alivio al ver a Nate sentado en la camilla con las piernas fuera. Uno de los miembros del personal médico estaba cortándole una de las perneras de los vaqueros a la altura de la rodilla. Cuando le apartó la tela manchada de sangre, Jessie vio que tenía un corte profundo en la pantorrilla, pero aparte de eso parecía encontrarse bien.

–Estoy bien, Jessie –se apresuró a aclarar él cuando alzó la vista y la vio.

–¿Qué ha pasado? –preguntó Jessie deslizando la mirada desde la cabeza hasta los pies para asegurarse de que aquella era la única herida.

–Se me quedó la pierna atrapada entre el toro y el cierre de la puerta cuando salió del chiquero –Nate se encogió de hombros–. No es la primera vez que tienen que darme puntos después de un rodeo.

Si Jessie hubiera podido acercarse más a él le habría dado un golpe en la cabeza. Ella preocupadísima por su bienestar y Nate quitándole importancia al accidente.

–¿Qué tal el brazo? –le preguntó, consciente de que

había hecho un gran esfuerzo con él cuando estaba colgado de la cuerda.

–Se pondrá bien –se estremeció al moverlo y no fue capaz de levantarlo por encima de la cabeza–. Me duele, pero no es nada que no se pueda arreglar con una bolsa de hielo.

–Tienes suerte de no haberte dislocado el hombro –Jessie se acercó a la silla que había en la esquina para sentarse. Le habían empezado a temblar las rodillas–. Ahora que veía que Nate se iba a poner bien le empezó a bajar la adrenalina y se sentía tan débil como un gatito recién nacido–. Y no te atrevas a decirme que no sería la primera vez que te lesionas el hombro –le advirtió–. Es la primera vez que yo te veo herido y para mí es duro.

Nate se la quedó mirando durante un largo instante antes de pedirle al hombre que estaba limpiándole la herida que les dejara un momento a solas.

–Ven aquí, cariño –cuando la tuvo cerca la abrazó–. Lo siento, Jessie. Olvidé que esta es la primera vez que me ves montar. ¿Estás bien? No estás tan disgustada como para que esto te cause un problema, ¿verdad?

–Creo que me he llevado el susto de mi vida, pero aparte de eso estoy bien –le aseguró.

Nate le levantó la barbilla con el dedo índice hasta que sus miradas se cruzaron.

–Voy a estar bien. Unos cuantos puntos o una luxación forman parte de la vida del jinete de rodeos.

Antes de que pudiera decirle lo mucho que se alegraba de que no estuviera herido de gravedad, Nate se acercó un poco y en cuanto le cubrió la boca, Jessie se olvidó del rodeo, los toros o de dónde estaban. Lo único que pudo hacer fue sentir el calor que la recorría al sentirse abrazada por él de nuevo.

Cuando Nate la besó con más pasión ella le rodeó el cuello con los brazos y lo besó a su vez, sintiendo al instante un deseo que solo Nate podía calmar. Quería sentir una vez más su fuerza rodeándola y experimentar el suave poder de su acto amoroso.

–Bueno, ya veo que muy mal no estás –dijo Ryder riéndose.

Al escuchar la voz del hermano de Nate, Jessie trató de apartarse, pero él la abrazó con más fuerza.

–Gracias por salvarme el pellejo ahí fuera, hermano. Te debo una.

–Es el pan de cada día –dijo Ryder acercándose a una estantería para agarrar una bolsa de hielo químico–. No me llaman Bailando con Toros por casualidad. Pero te equivocas al decir que me debes una. Me debes al menos una docena.

–¿Quién ha ganado la vuelta? –preguntó Nate.

–Jaron quedó primero y tú segundo –dijo Ryder activando la bolsa de hielo para ponérsela en la rodilla. Tras rodearla con un vendaje para mantenerla en su sitio, se dirigió hacia la puerta–. Sam y él vendrán a verte en cuanto Sam se asegure de que sus hombres cargan el ganado y Jaron recoja tu premio y el suyo de la ventanilla de cobros.

Cuando el médico volvió a entrar en la sala, Jessie se apartó de la camilla.

–Voy a ir a buscar a Bria y a Summer mientras el doctor termina de limpiarte la herida y te la cose –era una buena excusa para escaparse y recuperar el equilibrio. Se dio la vuelta y le dijo al médico:– tal vez quiera echarle un vistazo al hombro. Creo que podría habérselo dislocado parcialmente.

–Es enfermera diplomada en Waco –dijo Nate cuando el médico alzó una ceja–. Tal vez deba hacerle caso.

El médico asintió.

–Una enfermera observadora vale su peso en oro.

–Te veré dentro de un rato, cariño –dijo Nate dirigiéndole una mirada que la derritió por dentro.

Mientras se dirigía a la sala de prensa donde esperaban Summer y Bria, Jessie supo que se acercaba a toda prisa a un punto con Nate en el que tendría que tomar una decisión. O confiaba en que Nate no perdiera interés en ella esta vez o ponía fin a su relación para siempre antes de perder completamente la cabeza por él.

Desgraciadamente, temía que fuera demasiado tarde. Si no estaba ya completamente enamorada de él otra vez, poco le faltaba.

–Jessie, yo lo llevo –dijo Nate negándose a permitir que una mujer llevara su propio equipaje, aunque tuviera el hombro lesionado y una pierna coja.

–Tampoco querías que condujera los quinientos kilómetros que hay desde Amarillo, pero lo he hecho –Jessie le miró fijamente–. Créeme, soy perfectamente capaz de llevar al menos una de las dos bolsas de viaje.

Nate dejó caer ambas bolsas, le pasó el brazo bueno por el hombro y la besó hasta que ambos jadearon.

–Déjalo estar, cariño. Yo voy a meter el equipaje. Tú ábreme la puerta.

Ella se lo quedó mirando durante largos segundos y luego suspiró.

–De acuerdo, pero cuando entremos en casa te quiero en la cama con la pierna levantada y una bolsa de hielo en el hombro. No querrás empeorar las cosas desobedeciendo al médico, ¿verdad?

–¿Quieres jugar a las enfermeras cuando vayamos a la cama? –bromeó Nate cuando entraron en la cocina–. Puedes ver cómo tengo los puntos después de darme un baño.

Jessie puso los ojos en blanco.

–Eres incorregible.

–No puedes culpar a un hombre por intentarlo –dijo él riéndose.

–Lo que tienes no es cosa de risa –afirmó ella girándose para mirarle con el ceño fruncido–. Si no te cuidas el hombro podrías dañarte de forma permanente los tendones y los ligamentos.

–Shh. Vas a despertar a Rosemary –dijo Nate.

Su intención había sido desviar la atención de Jessie. Pero la táctica falló.

–Sigo sin entender por qué no nos quedamos a pasar la noche en Amarillo y regresamos por la mañana, como teníamos planeado –susurró ella mientras subían por las escaleras.

–Tengo aproximadamente tres semanas para que se me cure el hombro antes la Final Nacional de Las Vegas –explicó cuando llegaron a sus habitaciones–. Tengo un fisioterapeuta en nómina y puede estar aquí mañana por la noche para empezar con la rehabilitación. No quiero perderme Las Vegas.

–¿Te has lesionado tantas veces que tienes un fisioterapeuta en nómina? –le preguntó Jessie con expresión incrédula mientras abría la puerta del dormitorio. ¿Y por qué yo no lo sabía?

–Supongo que me lesionaría cuando no estábamos juntos –contestó Nate de forma evasiva poniéndole la bolsa encima de la cama. No quería contarle que la mayoría de las veces que había resultado herido fue justo después de romper con ella porque no podía concentrarse en el rodeo.

Jessie empezó a rebuscar en la maleta, seguramente para sacar el camisón.

–Bueno, no olvides poner la pierna en alto y colocarte hielo en el hombro durante unos veinte minutos antes de irte a dormir.

Nate dejó la bolsa de viaje en el suelo y se acercó a ella.

–Voy a necesitar tu ayuda –dijo atrayéndola hacia sí.

–¿Para qué? –preguntó ella sin aliento.

–¿Tengo una enfermera diplomada en casa y esperas que haga yo solo todas esas cosas? –le preguntó Nate besándola en el cuello–. Creo que deberías dormir en mi cama esta noche para cuidarme.

–¿De verdad vas a utilizar esa excusa?

Nate asintió.

–Tal vez no coloque la almohada en la posición correcta cuando ponga la pierna en alto. O quizá se me resbale la bolsa de hielo del hombro y no sepa volver a ponerla en el sitio adecuado.

Jessie se echó un poco hacia atrás para mirarle.

–Nate, no creo que…

–Yo he hecho de respaldo para ti las dos últimas noches –le recordó.

–Eso no es justo –aseguró ella con gesto de desaprobación.

–No es culpa mía haberme acostumbrado a abrazarte mientras duermes –confesó Nate deslizándole un dedo por la mejilla–. Además, cariño, odio tener que admitirlo, pero ahora mismo estoy demasiado dolorido como para intentar hacer nada. Y en cuanto me tome otro analgésico me quedaré frito al instante.

Cuando ella empezó a mordisquearse el labio inferior, Nate supo que había ganado.

–Vamos, Jessie. ¿No te gusta que seamos compañeros de acurrucamiento? –le dio un beso suave–. A mí me encanta.

Jessie cerró los ojos y asintió.

–De acuerdo. Pero solo por esta noche.

–¿Por qué no vamos viviendo al día para ver cuánto tiempo te voy a necesitar? –sugirió él, consciente de que en cuanto la tuviera en su cama haría todo lo posible por retenerla allí.

–¿Dónde está tu cabestrillo? –preguntó Jessie cuando se sentó en el sofá y vio que Nate no lo tenía puesto.

–He subido de nivel, ahora uso vendaje neuromuscular –contestó él con orgullo.

Dejó de mirar la televisión y se levantó la manga de la camiseta. Dos bandas de color brillante como las que usaban muchos atletas iban del hombro a sus bíceps. Tenía suerte de que no se le hubiera dislocado del todo. Y Jessie estaba convencida de que la inyección que le había puesto el médico para reducir la inflamación había ayudado mucho.

–Siempre me asombra los resultados tan rápidos que puede conseguir un buen fisioterapeuta –aseguró Jessie, encantada de saber que Nate estaba progresando tanto. Solo habían pasado cinco días desde que Max, su fisioterapeuta, apareciera para empezar a trabajar en los ejercicios de rehabilitación de Nate–. ¿Cree que estás preparado para participar en la Final Nacional el mes que viene?

Nate sonrió.

–Sí. Dice que estaré listo unos días antes de tener que estar en Las Vegas. Así tendré oportunidad de montar un par de toros de práctica de Sam para irme acostumbrando.

Jessie forzó una sonrisa.

–Eso está bien. Tendrás que contarme todo cuando vuelvas –era una mentira total. No quería pensar en Nate montado en otro animal con cuernos, ni siquiera para entrenar.

–No tendré por qué contártelo –afirmó él sonriendo mientras sacudía la cabeza–. Estarás allí conmigo.

Jessie se lo quedó mirando fijamente unos segundos y trató de conservar la calma.

–No creo que pueda hacerlo, Nate –dijo escogiendo cuidadosamente las palabras.

Él frunció el ceño.

–¿Por qué no?

–Para entonces estaré trabajando en el hospital de Waco –dijo ella pensando rápidamente–. Y no puedo utilizar más días de vacaciones o no tendré tiempo extra para cuando nazca el niño.

–No te preocupes por el tiempo sin paga –replicó Nate, como si no importara que ella no tuviera dinero para pagar el alquiler–. Yo me haré cargo de todo lo que necesitéis el bebé y tú.

–¿Perdona? No vas a pagar mis facturas –eso haría que se sintiera una mantenida.

–Cálmate, Jessie –Nate le tomó una mano–. Solo te digo que quiero asegurarme de que tengas todo el tiempo que quieras para estar con el bebé antes de volver a trabajar. Sé lo importante que es para ti y voy a asegurarme de que suceda.

Era cierto que estaba decidida a mantener su independencia económica, pero en su reacción había algo más. La razón por la que estaba tan molesta no tenía nada que ver con la vuelta al trabajo ni con que Nate pagara las facturas mientras ella estaba en casa con el bebé. La cuestión era la semana y media que Nate iba a pasar en Las Vegas en el rodeo y el peligro al que se enfrentaría con los toros. Por no mencionar que estaba tensa por la frustración que suponía pasar cada noche en la cama apoyada contra él. Desde aquella noche en Amarillo, el deseo había crecido en ella y sentía que estaba a punto de estallar.

–¿Podemos hablar de esto más tarde? –le preguntó de pronto.

Si seguían hablando del tema, temía terminar diciéndole la verdadera razón por la que no quería ir a verle montar: le daba terror ver al hombre de que se estaba enamorando herido otra vez o algo peor.

Nate siguió mirándola fijamente durante un instante antes de asentir y rodearla con los brazos.

–No quiero que te preocupes por no poder pasar tiempo con el bebé o porque yo me lesione al montar un toro. El estrés no es bueno ni para ti ni para el bebé.

Jessie ni siquiera intentó convencerle de que estaba equivocado al pensar que temía que resultara herido otra vez.

—Para ti es fácil decirlo. No eres tú quien tiene que mirar y saber que no puedes hacer nada para evitar el desastre que está teniendo lugar delante de tus propios ojos —reconoció ella.

Nate se echó un poco hacia atrás para mirarla.

—¿Me estás diciendo que quieres que me retire?

Nerviosa e incapaz de seguir sentada, Jessie se puso de pie y empezó a recorrer la estancia. ¿Qué quería? Nada la complacería más que saber que no volvería a arriesgar su vida a lomos de ningún animal. Pero el hecho de que lo deseara no significaba que fuera algo bueno para él. La decisión era de Nate, no suya.

Aspiró con fuerza el aire.

—Nunca te pediría algo así, Nate. Eres jinete de rodeos. Es lo tuyo. Y eres muy bueno —sacudió la cabeza—. Lo único que digo es que no puedo verte.

Nate se levantó del sofá para abrazarla.

—¿Por qué te preocupa tanto la posibilidad de verme herido, Jessie?

Su tono de barítono y la sensación de verse envuelta entre sus brazos le llenó los ojos de lágrimas. No quería que viera cuánto le afectaba el tema, así que apoyó la cabeza contra su ancho pecho.

—No me gusta ver a nadie herido, Nate —afirmó—. Soy enfermera, he visto lo frágil que puede llegar a ser el cuerpo humano.

—No has contestado a mi pregunta, cariño —insistió él dándole un beso en la coronilla—. ¿Por qué te preocupa tanto la posibilidad de verme herido?

Jessie sabía lo que quería oír. Sabía que estaba esperando que le confesara lo que sentía por él. Pero no estaba preparada. No estaba preparada ni para admitirse a sí misma cuánto significaba Nate para ella. Si lo hacía y él no sentía lo mismo, habría abierto la puerta para más dolor. Lo había hecho muchas veces con anterioridad, y siempre se quedaba destrozada cuando las cosas no funcionaban entre ellos. La última vez pensó que no lo conseguiría hasta que supo que estaba embarazada. Y por muy absurda que resultara la idea, se había consolado pensando que si no podía tener a Nate, al menos tendría a su hijo.

–Creo que voy a subir –dijo apartándose de sus brazos. Necesitaba tiempo para asumir el hecho de que estaba muy cerca de volver a enamorarse de él... si es que no lo estaba ya–. Estoy agotada y me gustaría estar descansada mañana en el viaje a Waco para la ecografía.

Jessie salió de la sala de la televisión sin mirar atrás, consciente de que Nate la estaba mirando irse. Agradeció que no intentara detenerla, aunque una parte de ella se sintió decepcionada.

Capítulo Seis

Sentado en la sala de espera al lado de Jessie, Nate miró a las mujeres embarazadas y a sus acompañantes cuando los llamaban a la sala de examen y se preguntó si los hombres se sentirían tan perdidos como él.

Tal vez no se había hecho a la idea de que iba a ser padre. Todavía no sentía el movimiento del bebé cuando Jessie le decía que le pusiera la mano en el vientre. ¿Cuándo se suponía que los hombres sentían una conexión emocional profunda con su hijo? ¿Era él el único que sentía que formaba parte de algo que no terminaba de entender? ¿O estaba destinado a ser como su padre biológico, un hombre incapaz de sentir nada que no le beneficiara en algún sentido?

La idea de estar hecho de la misma pasta que su padre era la peor pesadilla de Nate. Joe Rafferty había sido un fracaso como padre y como marido, y el día que se marchó y dejó a sus dos hijos solos cuando su madre murió fue el mejor día de sus vidas.

Tuvieron que dedicarse al robo a mano armada para sobrevivir. Pero incluso eso resultó ser algo bueno. Tras ser atrapados, les pusieron bajo el cuidado de Hank Calvert, y durante su estancia en Última Oportunidad aprendieron a ser hombres sinceros y honrados.

Su hermano Sam resultó ser el mejor padre y esposo a pesar del ejemplo de su padre biológico. Pero Nate todavía tenía que demostrarlo. ¿Llegaría a alcanzar el listón que había puesto su hermano? ¿Podría ser el hombre que siempre había deseado ser?

–¿Jessica Farrell? –dijo una mujer con bata blanca desde la puerta que llevaba a las salas de examen.

De vuelta al presente, Nate se puso de pie y tomó a Jessie de la mano mientras cruzaban el pasillo en dirección al ecógrafo. No sabía qué se suponía que debía hacer, pero supuso que tomarle la mano para darle apoyo moral era un buen comienzo.

–Soy la doctora Evans –dijo la mujer presentándose a Nate–. ¿Listos para saber si vais a tener un niño o una niña? –preguntó sonriendo.

–Estoy deseando saberlo desde el día que supe que estaba embarazada –contestó Jessie al entrar en la salita.

–Si ayudas a Jessie a subirse a la camilla podremos empezar y tomar las primeras fotos de vuestro bebé –dijo la doctora cerrando la puerta y sentándose en un taburete al lado de una máquina con una pequeña pantalla de televisión–. Puedes ponerte al otro lado de la camilla para ver mejor la pantalla.

Nate ayudó a Jessie a subirse, ocupó su lugar donde le decía la doctora. Entonces Jessie se levantó la camiseta de premamá y se bajó los pantalones para dejar el vientre al descubierto. Nate había sentido el bulto firme cuando la abrazaba y cuando intentaba sentir el movimiento del bebé, pero ella nunca le había mostrado el vientre desnudo. Había admirado su precioso cuerpo muchas veces, pero eso fue antes de que se quedara embarazada. ¿Le darían vergüenza los cambios que había experimentado su cuerpo?

Estaba más bella que nunca.

Cuando la doctora Evans le puso algo parecido a una gelatina en el estómago a Jessie y luego agarró algo parecido a un micrófono, Nate le tomó la mano a Jessie. No supo si lo hizo para darle apoyo moral o para que se lo diera ella. Lo único que sabía era que sentía que estaba a punto de presenciar algo muy profundo, algo que cambiaría su vida para siempre.

Con el primer toque del instrumento en el estómago de Jessie, la pantalla mostró una imagen borrosa. Nate no sabía qué se suponía que estaba mirando.

La doctora continuó deslizando el instrumento por el abdomen de Jessie y señaló la máquina.

–Este es el perfil de vuestro bebé –dijo sonriendo.

Nate clavó los ojos en la pantalla y contuvo el aliento al reconocer una cabecita, un brazo y una pierna. Le pareció que el mundo se detenía de golpe y la realidad le golpeó. Lo que estaba viendo era su hijo, el hijo que había hecho con Jessie.

La miró. Se le habían llenado los ojos de lágrimas y la sonrisa más bella que había visto en su vida le curvaba los labios. En aquel momento le pareció que a él también se le escapaba una lágrima.

–¿Está todo bien? –preguntó Jessie.

–Todo parece perfecto –aseguró la doctora Evans asintiendo–. Vuestro bebé está en la media de un feto de veinte semanas en tamaño y en desarrollo.

–Eso es maravilloso –dijo Jessie mientras una lágrima le descendía lentamente por la sonrojada mejilla. Nate se la secó con el dedo índice–. ¿Podemos saber el sexo? –preguntó.

La doctora Evans movió el instrumento en círculos y luego sonrió.

–Es una niña.

–Voy a tener una niña –murmuró Jessie como si no se lo pudiera creer.

Cuando alzó la vista y Nate vio la emoción y la felicidad en su rostro, no se lo pensó dos veces. Inclinó la cabeza y la besó con todo el sentimiento que estaba experimentando y al que no podía poner nombre. En aquel momento, Nate sintió deseos de golpearse el pecho y gritar como Tarzán. Iba a ser padre, y de pronto le resultó más importante que nunca asegurarse de que Jessie y la niña se quedaran con él, no por un mes ni durante el primer año de vida de la pequeña. Quería que estuvieran a su lado para siempre.

Tenía que superar su miedo a ser como su padre y estar allí con ellas en todo, protegiéndolas y cuidándolas.

–Voy a sacaros algunas fotos –dijo la doctora Evans pasándole a Jessie unos pañuelos de papel para que se limpiara el gel.

Cuando Jessie terminó de limpiarse y se recolocó la ropa, Nate la ayudó a bajar de la camilla.

–¿Qué tenemos que hacer ahora? –preguntó.

–Nada. Os daré cita para dentro de dos semanas –contestó la doctora mientras le daba a Jessie las fotos y abría la puerta para despedirles.–. Y ya sabes, si tienes algún problema llama a la consulta o ve directa a urgencias.

–¿Qué ha querido decir con eso? –preguntó Nate. No recordaba que Jessie hubiera mencionado algo más que náuseas las primeras semanas de embarazo–. ¿Ocurre algo? ¿Tienes algún problema?

–Cálmate –le pidió ella mientras salían de la clínica

en dirección a la camioneta–. No he tenido ningún problema ni espero tenerlo. Pero la doctora Evans les recuerda con frecuencia a sus pacientes que busquen ayuda médica si experimentan algo fuera de lo normal o hay algo que les preocupe.

Nate respiró con más tranquilidad tras la explicación de Jessie, pero tenía todavía muchas cosas que aprender sobre lo que vivía una mujer durante el embarazo, por no mencionar lo que vivía el bebé.

Y cuanto antes empezara, mejor.

–¿Has terminado con lo que estabas haciendo en el ordenador? –le preguntó Jessie a Nate cuando entraron en la sala de televisión después de la cena. Desde que regresaron de la ecografía en Waco, se había encerrado en su despacho para trabajar en los asuntos del rancho, o eso dio por hecho ella.

–No del todo –contestó Nate agarrando el mando a distancia de la mesa.

–¿Te puedo ayudar en algo? –se ofreció ella sentándose en el sofá.

Nate encendió la televisión y negó con la cabeza.

–Solo me quedan unas cuantas cosas por leer –se sentó a su lado y le pasó el brazo por los hombros–. ¿Te he dicho últimamente lo preciosa que eres?

–¿De dónde ha salido eso? –preguntó Jessie riéndose algo avergonzada–. ¿Cómo hemos pasado de hablar de lo que estabas haciendo en el ordenador a comentar mi aspecto?

La sonrisa sexy de Nate la calentó por dentro.

–He apagado el ordenador, cariño –la besó en la

frente, la mejilla y la punta de la nariz–. Pero verte aquí sentada tan sexy, me enciende.

–A ti no te hace falta mucho para eso –bromeó Jessie, encantada de ver su mirada de deseo.

–Siempre has tenido ese efecto en mí –afirmó Nate poniéndose de pronto muy serio. Le cubrió la mejilla con la mano–. Te deseé desde el primer momento que te vi –le rozó suavemente los labios con los suyos–. Me excitas de un modo que nunca creí imaginable.

La sinceridad de su tono y el deseo de sus ojos la dejaron sin aliento. Durante la última semana había dormido cada noche en sus fuertes brazos, había sentido la prueba de su deseo y fue consciente del peaje que debía suponer para él. Lo cierto era que para ella también se había convertido en algo extremadamente complicado. Deseaba que sus cuerpos volvieran a unirse, sentir el exquisito poder de su acto amoroso y disfrutar de la intimidad de ser uno con el hombre que tanto significaba para ella.

Cuando Nate bajó la cabeza para cubrirle la boca con la suya no se le ocurrió resistirse. Quería que la besara, quería perderse en su dulce caricia. Los labios de Nate se movieron sobre los suyos y ella alzó los brazos para deslizar los dedos por el suave pelo de su nuca y entregarse a los sentimientos que solo Nate podía despertar en ella.

Un calor delicioso le recorrió todo el cuerpo cuando la besó más apasionadamente. Sintió que se iba a derretir. Siempre había respondido a su destreza, pero cada vez que la besaba, su deseo interior se hacía más intenso de lo que podía recordar.

Abrazándola con más fuerza, Nate la llevó consigo

al sofá y la tumbó encima de él. Jessie sintió al instante su erección. Su cuerpo respondió con una punzada de deseo en su parte más íntima. Ya fuera porque habían compartido un momento muy poderoso durante la ecografía o porque tenía las hormonas disparadas, lo único que deseaba era que Nate la hiciera suya una vez más.

Jessie sabía que tendría que dejar a un lado todo lo que la había estado reteniendo y que podría terminar otra vez con el corazón roto. Pero como una de sus compañeras decía siempre, el corazón manda. Y su corazón quería a Nate.

–Creo que… será mejor que dejemos esto antes de… hacer algo que me causaría sin duda un gran problema –dijo Nate, que parecía tan falto de aliento como ella. Se colocó a su lado y se giró para mirarla–. Ahora mismo te deseo más que al aire que respiro, y por mucho que odie tener que decir esto, creo que será mejor que esta noche duermas en el otro dormitorio.

Se le aceleró el pulso.

–¿Es eso lo que quieres que haga?

–¡Diablos, no! –Nate se rio y sacudió la cabeza–. Lo que quiero es subir contigo la escalera ahora mismo, quitarte toda la ropa y pasar toda la noche haciéndote el amor en cada centímetro de tu delicioso cuerpo.

A Jessie le dio un vuelco al corazón y tuvo que acordarse de respirar.

–Entonces, ¿por qué no lo haces? –preguntó sin contenerse.

Nate dejó escapar un gruñido sordo antes de reclinarse hacia atrás para mirarla.

–En este momento no estoy en condiciones de portarme como un caballero, Jessie. La semana pasada ha sido una prueba muy dura para mi nobleza y mi fuerza de voluntad. Si no hablas en serio, lo mejor será poner distancia entre nosotros ahora mismo.

Jessie alzó las manos y le cubrió los pómulos con ellas.

–No quiero alejarme de ti, Nate. Quiero estar tan cerca que nuestros corazones latan al unísono.

Él cerró los ojos un instante.

–¿Estás segura?

–Sí –afirmó Jessie con decisión. Se enfrentaría a las consecuencias de sus actos más tarde. En aquel momento, estar en brazos de Nate y ser amada por él era lo único que le importaba.

–Subamos, cariño –dijo él poniéndose de pie para ayudarla a levantarse.

Ninguno de los dos habló mientras salían de la sala de la televisión, cruzaban el vestíbulo y subían por la escalera. Las palabras eran innecesarias. Los dos sabían que lo que estaban a punto de hacer era el siguiente paso para retomar su relación, y tanto si salía bien como si no, Jessie sabía que si no se daba la oportunidad de averiguarlo, lo lamentaría el resto de su vida.

Nate le pasó el brazo por los hombros mientras avanzaban por el pasillo hacia el dormitorio principal. Cuando la puerta se cerró tras ellos, la estrechó entre sus brazos y la besó de un modo que la dejó temblando. Cuando se apoyó contra él, Nate la tomó en brazos y la llevó hasta la enorme cama.

–Por lo que he leído, no hay ningún problema en que hagamos el amor –dijo dejándola en el suelo–. Pero quiero asegurarme. ¿La doctora Evans ha dicho algo al respecto?

–No –su preocupación resultaba conmovedora–. Siempre y cuando no seamos bruscos, todo irá bien.

Nate se rio mientras le quitaba la camiseta por la cabeza.

–Entonces, ¿nada de sexo salvaje colgados de las vigas como los monos? –bromeó.

Jessie sonrió.

–No recuerdo que hayamos hecho algo así nunca.

Él sacudió la cabeza y le besó el escote mientras le desabrochaba el sujetador.

–Ese nunca fue mi estilo, cariño. Siempre he preferido tomarme mi tiempo y disfrutar de cada centímetro de ti.

Un escalofrío de emoción la recorrió cuando Nate le deslizó los tirantes de encaje por los hombros.

–Siempre he pensado que tenías un cuerpo precioso –dijo él con tono ronco mientras le cubría los senos con las palmas de la mano.

Jessie sabía que tenía el cuerpo muy diferente a la última vez que Nate se lo había visto, y aunque se sentía sexy se enorgullecía de su inminente maternidad, había oído que a algunos hombres les producía rechazo.

–Han cambiado muchas cosas debido al embarazo –dijo sintiéndose un poco avergonzada.

–Ya me he dado cuenta hoy en la consulta –asintió él. Le besó primero un seno y luego otro.

Cuando alzó la cabeza, la mirada de sus ojos la hizo sentir la mujer más deseada del mundo.

–Tal vez se deba a que estás embarazada de mí, pero nunca te había visto más bella que en este momento.

Aquel piropo le provocó un nudo de emoción en la garganta, y Jessie se puso de puntillas para darle un beso en la base del cuello.

–Tú tampoco estás nada mal, vaquero –dijo encantada con la mirada de admiración de sus ojos azules oscuros.

Siempre había pensado que Nate era el hombre más sexy y guapo que había conocido, y a pesar de los problemas que habían tenido en los dos últimos años, eso no había cambiado. Algo le decía que nunca cambiaría.

Nate se arrodilló delante de ella, le quitó las zapatillas y luego clavó la mirada en la suya mientras enganchaba los pulgares en la cinturilla de sus vaqueros premamá y se los bajaba muy despacio junto con las braguitas. Jessie le puso las manos en los anchos hombros y vio cómo Nate arrojaba las prendas encima de las demás que le había quitado.

Jessie contuvo el aliento cuando le colocó las manos a cada lado del estómago y se inclinó hacia delante para besarle la tirante piel.

–Siempre has sido la mujer más sexy del mundo –había algo de reverencia en su tono de voz que no dejaba duda de que hablaba en serio.

Levantándose en toda su altura, Nate agarró las solapas de su camisa vaquera, pero Jessie dio un paso adelante y le apartó las manos.

–Déjame a mí. Él asintió.

–Soy todo tuyo, cariño.

Jessie le desabrochó los botones para presionar los labios contra la piel expuesta.

–Me encanta tu cuerpo –dijo mientras seguía besándole desde el pecho hacia abajo. Cuando llegó a los bien definidos músculos del abdomen, Nate respiraba de forma extremadamente agitada–. ¿Estás bien? –le preguntó alzando la vista.

La sonrisa de Nate le provocó una oleada de calor por las venas.

–Si estuviera mejor creo que no podría soportarlo.

Cuando le sacó la camisa de los vaqueros y se la deslizó por los hombros, Jessie le puso las manos en el ancho pecho.

–Me encantan tus músculos –dijo acariciándole los pezones.

Nate se estremeció.

–Sigue así y el espectáculo terminará antes de empezar –dijo agarrándole la mano–. Te prometo que la próxima vez podrás quitarme toda la ropa –dio un paso atrás para desabrocharse el botón de los vaqueros. Se quitó las botas rápidamente, se bajó la cremallera y deslizó los pantalones y los calzoncillos hasta los tobillos. Luego se apartó de ellos y dio una patada en dirección a la pila de ropa que había en el suelo–. Hace mucho tiempo que no te hago el amor, cariño –murmuró acercándose a ella.

La sensación de su piel masculina rozando la suya le provocó a Jessie una oleada de deseo desde la cabeza a la punta de los pies. Le parecía que había pasado una eternidad desde que Nate abrazó su cuerpo sin la molestia de la ropa, y ella anhelaba una conexión todavía más cercana.

–Por favor, Nate –dijo temblando de deseo por formar un solo cuerpo con el suyo–. Te necesito. Ahora.

–¿Dónde? –preguntó él rozándole los labios.

–Dentro –susurró Jessie.

Sin decir una palabra más, Nate la levantó para colocarla en medio de la cama y se tumbó estirado a su lado. La estrechó entre sus brazos y la besó hasta hacerla sentir que se abrasaba.

–Tendremos que ser un poco creativos con la posición –susurró ella esperando que la entendiera.

–Por eso esta vez te vas a poner tú arriba –dijo Nate cubriéndole el cuello de besos antes de colocarse bocarriba y situarla encima de él. La promesa de sus ojos azules provocó que el corazón le diera un vuelco–. Ya se nos ocurrirán más posiciones. Ahora mismo necesito estar dentro de ti, cariño.

Mientras le poseía, Jessie cerró los ojos ante la abrumadora sensación de felicidad que se apoderó de su cuerpo al estar otra vez unida a él. Nunca se había sentido tan completa como cuando Nate y ella hacían el amor, y había echado de menos formar parte de algo tan perfecto, tan maravilloso.

Cuando abrió los ojos, Nate la estaba mirando con tanta ternura que se sintió conmovida.

–Te he echado de menos, Jessie –dijo con tono ronco sosteniéndole el rostro entre las manos–. Tómame, cariño.

Incapaz de seguir pasiva durante más tiempo, Jessie empezó a moverse a un ritmo lento contra él. La placentera tensión que los mantenía prisioneros empezó rápidamente a subir hacia el pico del éxtasis, y Jessie apretó el cuerpo alrededor del suyo para prolongar el embeleso.

Nate le deslizó las manos hacia las caderas, y a juzgar por su expresión, Jessie se dio cuenta de que estaba librando la misma batalla que él. Los dos querían que su unión durara, pero el hechizo de la mutua satisfacción era una fuerza demasiado poderosa como para poder resistirla.

Poco después, la tirante espiral de deseo que tenía en su interior se desató del todo y, gritando su nombre, Jessie se dejó llevar por las oleadas de placer que la atravesaban. Su gratificación debió disparar la de Nate, porque sintió cómo entraba en ella una última vez antes de abrazarla y llenarla con su esencia.

Cuando se derrumbó encima de su cuerpo, Nate la colocó a su lado para abrazarla entre sus fuertes brazos. Al acurrucarse contra él, su corazón supo que lo amaba. Que nunca había dejado de amarlo.

Pero mientras regresaba flotando a la realidad, la incertidumbre de sus circunstancias regresó con toda su fuerza. ¿Habría complicado más una situación ya de por sí compleja? Tras observar su expresión maravillada cuando vieron a su bebé por primera vez en la ecografía, a Jessie no le cupo duda de que sería un buen padre y que siempre estaría allí para su hija. Desgraciadamente, todavía albergaba dudas respecto a que perdiera interés en su relación con ella. Todo era perfecto en aquel momento.

Pero ya habían pasado por aquel momento antes. Las cosas iban de maravilla entre ellos y de pronto Nate decidía que necesitaban darse un tiempo.

Había tantas cosas en juego que resultaba abrumador. Había vuelto a poner su corazón en peligro. ¿Y si Nate no era capaz de resolver el conflicto pendiente que tenía con el compromiso? Había dicho que estaba preparado para dar el paso y quería casarse, pero frente a todas las veces que había mencionado que quería a la niña, no recordaba ni una sola en la que hubiera mencionado que la quería a ella. ¿Podría dar aquel salto de fe sabiendo que tal vez Nate nunca le entregaría por completo su corazón?

Y luego estaba el riesgo de su trabajo. Jessie no tenía claro que sus nervios aguantaran verle montar toros al saber el precio que podría costarle un solo error. Nunca le pediría que dejara una parte tan importante de su vida solo porque le asustara lo que pudiera pasarle. Pero no tenía claro si sería capaz de vivir con el temor a que resultara gravemente herido o algo peor.

–¿Qué ocurre, Jessie? –le preguntó Nate levantándole la barbilla con suavidad hasta que sus miradas se cruzaron–. No te he hecho daño, ¿verdad?

–No –respondió ella sacudiendo la cabeza.

–Entonces, ¿por qué lloras? –quiso saber él secándole una lágrima de la mejilla.

–Ha sido… ha sido precioso –contestó Jessie pensando a toda prisa. No se había dado cuenta siquiera de que estaba llorando. Y no era una mentira. Su acto amoroso había estado cargado de significado. Pero no iba a contarle la verdadera razón de sus lágrimas.

–Eres preciosa –dijo Nate sonriendo.

La besó con una ternura que le provocó una nueva oleada de emoción y le llenó otra vez los ojos de lágrimas. Nate alzó la cabeza y frunció el ceño.

–¿Y ahora por qué lloras?

–Las hormonas del embarazo –afirmó ella. Tal vez aquello tampoco fuera del todo mentira.

Le sorprendió ver que él asentía con la cabeza.

–He oído que pueden provocar cambios de humor.

–¿Dónde lo has oído? –preguntó Jessie.

Nate se rio entre dientes mientras la acurrucaba a su costado y apagaba la luz de la mesilla de noche.

—Cuando mis cuñadas estaban embarazadas, mis hermanos siempre llevaban pañuelos de papel en el bolsillo.

Ella bostezó y asintió con la cabeza.

—Creo que la próxima vez que baje al pueblo compraré algunos paquetes para llevarlos encima —comentó Nate sonriendo.

—Buena idea —murmuró Jessie. El sueño había empezado a apoderarse de ella.

Nate escuchó la calmada respiración de Jessie durante varios minutos para asegurarse de que estaba dormida antes de colocarle una almohada en la espalda para que se apoyara. A continuación se levantó de la cama. Agarró la ropa que estaba tirada en el suelo y la echó en el cesto antes de meterse en el baño para darse una ducha rápida.

Diez minutos más tarde, se puso unos vaqueros limpios y una camiseta, comprobó que Jessie seguía dormida y bajó por las escaleras para ir a su despacho. Se había pasado la tarde entera leyendo todo lo que pudo encontrar en Internet sobre embarazo y el desarrollo del bebé. Había unas cuantas cosas más que necesitaba saber para sentir que podía facilitarle la vida a Jessie durante los próximos meses, y también para saber qué se iba a encontrar en el nacimiento de la niña.

Agarró las ecografías que tenía sobre el escritorio y se quedó mirando fijamente la imagen de su hija.

Tragó saliva. Iba a tener una niña. La mera idea le

provocaba un nudo en el estómago y le aceleraba el corazón. Cuando tuviera edad para salir con chicos, ¿cómo iba a mantener alejados de ella a los adolescentes?

Una oleada de protección como no había experimentado nunca antes se apoderó de él. Ahora entendía lo que Ryder quería decir al asegurar que debía tener las escopetas a la vista para cuando Katie empezara a salir con chicos y algún chaval con granos se acercara al rancho Blue Canyon a visitarla. Ryder confiaba en que la visión de las armas asustara lo suficiente al chico y se comportara como un caballero. Nate decidió archivar aquella idea para cuando su hija tuviera edad para citas. Encendió el ordenador y le echó un último vistazo a la imagen de su niña antes de abrir el buscador de Internet. Tal vez estuviera asustado por todas las cosas a las que tendría que enfrentarse siendo padre de una niña, pero iba a proteger a Jessie y a su pequeña todo lo que pudiera. Confiaban en él, y no las decepcionaría. Haría lo que tenía que hacer o moriría en el intento.

Capítulo Siete

Cuando Jaron se pasó por allí la tarde siguiente, Nate le llevó a ver el ganado que sus hombres y él habían llevado a los pastos del sur un par de semanas atrás.

–Después de año nuevo voy a añadir un rebaño de caballos de tiro –Nate apoyó los antebrazos en la valla mientras veían cómo el ganado pastaba en la gruesa hierba.

–Vas a necesitarlos –dijo Jaron asintiendo–. Cuando te ayudamos a arreglar la valla la pasada primavera, me fijé en que hay un par de puntos en la zona este del rancho con tanta maleza y árboles caídos que solo se puede acceder a ellos a caballo.

–Sí, las tormentas han derribado muchos árboles a lo largo de los años, y el dueño anterior no estaba interesado en limpiar la zona –explicó Nate–. Acondicionar esas zonas es la prioridad de mi lista para la próxima primavera –se encogió de hombros–. Eso si tengo tiempo para hacerlo entre cortar y colocar el heno en las cuadras para el invierno y todo lo demás que tenemos que hacer.

–Ya sabes a quién llamar si necesitas una mano extra para hacerlo todo –afirmó Jaron.

A Nate no le sorprendía que Jaron y sus hermanos se presentaran voluntarios para ayudar. Lo único que tenía que hacer cualquiera de ellos era descolgar el teléfono y estarían allí al instante para echar una mano.

−¿Y qué pasa con los rodeos? −preguntó Nate−. La temporada de verano es la más ajetreada del circuito. ¿Cómo vas a compaginar la competición con ayudarme en el rancho?

−Voy a reducir drásticamente la cantidad de eventos en los que compito este año… si es que compito en alguno −Jaron se encogió de hombros y sonrió−. Los competidores son cada vez más jóvenes y los toros más revirados. Estoy pensando en retirarme antes de sufrir una lesión importante que me impida disfrutar de la jubilación.

Nate sabía a qué se refería su hermano. Él tenía treinta y tres años y Jaron treinta y cuatro. Cuando un jinete cumplía los treinta se ponía en marcha la cuenta atrás. Entre las inevitables lesiones y el desgaste físico de la competición, le quedaban cinco años aproximadamente para poder seguir compitiendo a un nivel profesional. Como en cualquier otro deporte, había excepciones a la norma. Pero pocas.

−Yo también he pensado mucho en ello durante la última semana, y estoy planteándome colgar las espuelas tras la final de este año −reconoció Nate mirando hacia los pastos−. Supongo que prefiero retirarme siendo un campeón que un excampeón.

Jaron asintió.

−Eso es lo que he estado pensando yo. Apuesto a que Jessie está encantada con tu decisión. Sé que se llevó un disgusto cuando pasó lo de Amarillo.

−Todavía no se lo he dicho −confesó Nate sacudiendo la cabeza−. Pero creo que la noticia le gustará.

Se hizo un breve silencio antes de que Nate admitiera:

–Descubrir que voy a ser padre me ha cambiado por completo el cuento. Jessie y el bebé van a necesitarme y estoy decidido a no decepcionarlas.

–Me estaba preguntando si eso habría jugado un papel importante en tu decisión –confesó Jaron.

Nate sabía que su hermano lo entendería. Como en su caso y el de Sam, el padre de Jaron no había sido precisamente un modelo positivo para su hijo.

–Conozco a muchos jinetes que tienen mujer e hijos y no se lo piensan dos veces a la hora de competir en eventos duros –Nate sacudió la cabeza–. Pero los dos hemos visto a un par de amigos morir en los últimos años en la arena, y quiero asegurarme de que Jessie y la niña no tengan que pasar por eso.

–¿Es una niña? –preguntó Jaron con incredulidad. Nate asintió, y su hermano echó la cabeza hacia atrás y soltó una carcajada–. Después de perseguir faldas durante tantos años, te mereces tener una niña de la que preocuparte. Ahora sabrás lo que pasaron los padres de todas esas mujeres con las que salías.

–Sí, ya he pensado en ello –gruñó Nate–. Estoy seguro de que ya me está saliendo una úlcera al pensar en que algún chaval intente llevarla a la parte de atrás de la camioneta de su padre para ver las estrellas.

A Nate le gustó ver al más serio de sus hermanos divirtiéndose, aunque fuera a su costa.

–No te rías demasiado –le advirtió–. Ya sabes lo que nos dijo Hank sobre burlarnos unos de otros. Si te ríes de algo, es muy probable que te suceda a ti.

–Sí, pero a diferencia de ti yo no he intentado salir

con toda la población femenina del suroeste –bromeó Jaron.

–Eh, desde hace dos años y medio solo he estado con una mujer –señaló Nate.

Aquella certeza le dejó sin aire en los pulmones.

–Deberías haberte casado con Jessie hace tiempo –dijo Jaron confirmando lo que Nate creía que pensaban todos sus hermanos–. Es la única mujer con la que siempre has vuelto. Eso debería decirte algo.

Nate asintió.

–Tenía mis razones, las mismas que tienes tú para mantener a Mariah alejada.

–Sí –reconoció Jaron mientras regresaban a la camioneta de Nate–. Le tengo demasiado respeto como para cargarla con esa mochila.

Nate sabía a qué se refería su hermano. No solo se habían convertido en hermanos durante su estancia en el rancho Última Oportunidad, también se habían hecho los mejores amigos. Nate era el único que conocía toda la verdad sobre lo que Jaron había pasado de niño y la culpa que arrastraba hasta ahora.

Cuando regresaron a casa, Nate acompañó a Jaron a su camioneta.

–No cuentes todavía lo del sexo del bebé.

–Claro, eres tú quien debe dar la noticia –Jaron se rio entre dientes–. Además, supongo que querrás evitar al menos por el momento que el resto de hermanos te tome el pelo cuando sepan que vais a tener una niña.

–Sí, voy a ser una fuente de entretenimiento para vosotros durante un tiempo –reconoció Nate riéndose–. Pero míralo de esta manera, si la toman conmigo te dejarán a ti en paz.

Aquello le provocó una enorme sonrisa a Jaron.

–Cuento con ello, hermano.

Dos días después de que Jaron se pasara por el rancho, Nate estaba en la sección de muebles de una tienda para bebés en Waco. Se sentía fuera de lugar mirando todas las cosas que necesitaba un bebé. ¿Cómo era posible que algo tan pequeño necesitara tantas cosas?

–Nunca imaginé que hubiera tantos estilos diferentes de cunas –dijo deteniéndose a mirar una de roble–. Ni tantos colores.

Jessie asintió.

–Creo que me voy a decantar por los muebles blancos. No sé por qué, pero me resulta más femenino que la madera natural.

–Sí, el roble es del mismo color que el bate de béisbol que usaba cuando era niño –reconoció él.

Anotó mentalmente el color y el estilo que le gustaban a Jessie. Conocía a un carpintero buenísimo y quería sorprenderla haciéndole todos los muebles de la habitación de la niña.

–Es curioso que lo menciones –comentó Jessie mirando una mecedora a juego con la cuna blanca–. Había decidido decorar la habitación con temática de béisbol si hubiera sido un niño.

–¿Qué temática vas a utilizar ahora que sabes que es niña? –preguntó él agarrando un unicornio púrpura con cuerno de colores.

–Dudo entre ponis o bailarinas –contestó ella–. ¿Por qué?

–Me preguntabas si pondrías esto en su cuarto y si a

la niña le va a gustar –dijo alzando el peluche–. Nunca he sido un tipo de unicornios.

Jessie se rio.

–Creo que al principio no podremos saber qué le gusta.

–Me parece que lo voy a comprar –dijo Nate colocándoselo bajo el brazo. Cuando Jessie le sonrió con ternura, se sintió un poco avergonzado–. Ya sabes, por si resulta que le gustan los unicornios –no estaba muy seguro de la razón, pero quería ser el primero en comprarle algo a su niña.

–Estoy segura de que le gustará cualquier cosa que le compres –dijo Jessie poniéndole la mano en el brazo. Se quedó mirando el peluche un instante y luego sonrió–. ¿Sabes qué? No había pensado en el tema de los unicornios para la habitación, pero me gusta mucho. Gracias.

Nate sonrió encantado.

–Me alegra saber que sirvo para algo más que para dejarte embarazada.

Jessie tenía una expresión pensativa cuando le miró, y Nate se preguntó por un instante si le habría dicho algo ofensivo.

–Es un poco duro para los padres, ¿verdad? –preguntó ella rodeándole de pronto con sus brazos para abrazarle–. Seguro que por una parte sientes que estás mirando desde fuera. Todos los cambios me suceden a mí, y lo único que tú puedes hacer es mirar.

Nate la estrechó al instante entre sus brazos.

–No me importa siempre y cuando pueda mirarte –la besó en la frente y sonrió–. Es mi pasatiempo favorito.

–A mí también me encanta mirarte, vaquero –se

apartó de él y le dirigió una sonrisa dulce–. Será mejor que terminemos con esto y volvamos al rancho.

–¿Por qué tanta prisa? –preguntó Nate con cierto asombro.

Jessie sonrió.

–Creo que necesitamos echarnos la siesta.

Nate se quedó unos instantes confundido en medio del pasillo de colchones para bebé antes de caer en la cuenta. En las páginas que había visitado se decía que durante el segundo trimestre del embarazo, algunas mujeres experimentaban un significativo aumento de la libido debido a las hormonas. Al parecer ese era el caso de Jessie. Los dos últimos días había sugerido echarse la siesta por la tarde.

Sonrió. Le encantaba que quisiera echarse la siesta con él. De hecho, también le estaba entrando un poco de «sueño».

Una hora y media más tarde, Nate sonrió cuando entraron en la habitación principal y se quitó las botas.

–Gracias por haberme dejado acompañarte a la tienda de bebés.

Jessie le rodeó el cuello con los brazos y él la abrazó al instante por la cintura.

–Me encanta que quieras estar tan implicado, Nate.

–No podría ser de otra manera –admitió él, dándose cuenta de que era cierto–. Aunque no lo tuviéramos planeado, hemos creado a esta niña juntos. No voy a quedarme sentado atrás y a dejarte pasar por esto sola. Es un esfuerzo común, cariño. Y estoy contigo.

–Eso significa mucho para mí, Nate.

La expresión de su bello rostro le dejó sin aliento, y Nate supo sin asomo de duda que quería ser el único hombre al que mirara así.

Antes de que pudiera procesar el significado de aquello, Jessie se puso de puntillas y le dio un beso que registró un potente diez en la escala de Richter. Mientras sus suaves labios acariciaban los suyos, le arañó suavemente la nuca y le provocó una oleada de calor en su parte más vulnerable. Jessie siempre había ejercido aquel efecto sobre él y estaba seguro de que siempre lo ejercería.

–Te necesito –dijo besándola en los labios, la barbilla y la sien. Su voz sonó algo ronca y desesperada.

–Yo también te necesito –murmuró ella provocándole otra oleada de calor cuando le besó en la base del cuello. Alzó las manos para desabrocharle los botones de la camisa–. La otra noche me hiciste una promesa y voy a tomarte la palabra.

–¿Qué promesa? –no importaba lo que Jessie quisiera. En aquel momento sería capaz de tirarse por un acantilado si ella se lo pedía.

–Me dijiste que podía quitarte la ropa –dijo ella sonriendo.

Nate se rio.

–Bueno, que no se diga que no cumplo mi palabra. Adelante, cariño.

Cuando le sacó la camisa de la cinturilla del pantalón, a Nate le encantó la expresión traviesa que le cruzó por el rostro. A menos que se equivocara, Jessie iba a hacer muchos juegos preliminares antes de que hicieran el amor.

Nate se deslizó la camisa por los hombros y los brazos. Estaba deseando ver qué tenía pensado para él. Echó mano a la hebilla del cinturón, los vaqueros le apretaban más de lo debido y estaba deseando librarse de ellos.

Pero al parecer Jessie tenía otras ideas. Jugueteó con la anilla un instante antes de dejarla para recorrer con el dedo índice la dentada cremallera por encima de su erección.

Nate gimió.

–Estás intentando volverme loco, ¿verdad?

–¿Y lo estoy consiguiendo? –preguntó ella con una sonrisa prometedora.

Incapaz de articular palabra, Nate asintió.

–Parece que tienes un problema –murmuró Jessie bajándole la cremallera medio centímetro–. ¿Quieres que te eche una mano?

Nate hizo un esfuerzo por respirar.

–Si no lo haces me voy a subir por las paredes.

–No quiero que llegues a eso –dijo bajando un poco más la cremallera. Cuando por fin la bajó por completo, Nate sintió como si la habitación se hubiera quedado sin aire.

Pero si pensaba que Jessie había terminado con la seducción, estaba muy equivocado. Cuando le deslizó los vaqueros por las piernas y él se los quitó, en lugar de bajarle los calzoncillos al instante, Jessie le deslizó un dedo por la cinturilla y por las costuras.

Nate cerró los ojos, echó la cabeza hacia atrás y trató de llenarse los pulmones de oxígeno. Quería que se tomara su tiempo y se divirtiera, pero no sabía cuánto tiempo más podría soportarlo.

–No me malinterpretes, Jessie… me encanta todo

lo que me haces –consiguió decir cuando abrió los ojos y cruzó la mirada con la suya–. Pero si sigues así... voy a ser una decepción para ambos.

–Entonces supongo que será mejor que te libre de esto –dijo ella deslizando los dedos bajo la banda elástica.

La sensación de sus dedos en la piel fue como un relámpago para su cuerpo. No recordaba haber estado tan excitado ni tan duro en sus treinta y tres años de vida. Si seguía así, iba a hacer explosión.

–De verdad, no sé si podré aguantar mucho más –dijo sintiendo cómo se le perlaba la frente de sudor.

Cuando le liberó con cuidado de los boxer de algodón negro, Nate ya había llegado al límite. Había cumplido su parte del trato permitiéndole que le quitara la ropa. Ahora le tocaba a él tomar el control.

–Se acabaron los juegos, cariño –dijo quitándole la camiseta premamá por la cabeza con un único y suave movimiento. Lo dejó encima de su ropa y le desabrochó el sujetador con un giro rápido.

–¿Cómo lo haces? –preguntó Jessie, que jadeaba tanto como él.

–¿El qué? –Nate añadió la prenda de encaje a la pila de ropa y luego la ayudó a quitarse los vaqueros y las braguitas.

–Tardo yo más tiempo abrochándome el sujetador que tú desabrochándolo –dijo ella apoyándose en su pecho.

–Es cuestión de talento, cariño –Nate se rio, liberando así algo de la tensión que tenía–. Tengo muchos talentos ocultos.

Ella miró hacia su cuerpo excitado y sonrió.

–Y algunos que son duros de ocultar.

Nate la estrechó entre sus brazos.

–Bueno, en lo de duro estás en lo cierto. Y no, no pretendo ocultar lo mucho que te deseo –la besó y la levantó–. Ni siquiera quiero intentarlo. Y ahora rodéame la cintura con las piernas, Jessie. Vamos a hacer algo que tú sugeriste.

Ella apoyó la cabeza contra su pecho mientras la llevaba a la cama.

–¿Vamos a ponernos creativos?

Nate asintió y se sentó al borde del colchón mientras la colocaba en su regazo.

–Así puedo estar más cerca de ti. Y puedo besarte y abrazarte.

Nate la levantó y sintió que se iba a desmayar al notar la sensación de su cuerpo. Siempre había sido así con Jessie.

Cuando la tuvo completamente instalada encima de él, le colocó las manos en las caderas y la ayudó a crear un ritmo lento y suave. Antes de lo que quería, una neblina roja se apoderó de su mente. Necesitaba completar el acto de amarla, necesitaba dejar una vez más algo de él en su interior. Pero no sin asegurar el placer de Jessie antes que el suyo.

Cuando sintió su cuerpo abrazar el suyo, Nate supo que Jessie estaba cerca de alcanzar la satisfacción, y deslizando una mano entre ellos, acarició su pequeño núcleo interno de sensaciones. Los músculos femeninos empezaron a acariciarle suavemente cuando ella alcanzó el éxtasis. Solo entonces se entregó Nate a su propio placer, y, estrechándola entre sus brazos, encontró la plenitud de amarla.

Cuando empezó a recobrar las fuerzas, Nate la colocó en el centro de la cama y se tumbó a lado. La estrechó entre sus brazos y cubrió sus cuerpos con la sábana de seda azul marino mientras sus cuerpos se enfriaban.

La besó en la coronilla y le preguntó:

–¿Estás bien, cariño?

–Estoy de maravilla –murmuró Jessie acurrucándose.

–Yo también

Se quedaron en silencio unos minutos antes de que Nate le preguntara:

–¿Has decidido cómo vas a llamar a la niña?

Jessie negó con la cabeza.

–Pensé que podríamos hacerlo juntos. ¿Te gusta algún nombre en particular?

–La verdad es que no –reconoció él–. Empezaré a pensar en ello y cuando se me ocurra alguno que me guste te lo diré.

–Cuando decidamos cómo llamarla me gustaría mantenerlo en secreto hasta que nazca la niña –dijo Jessie ocultando un bostezo con la mano–. No quiero que la gente intente convencernos para que escojamos otro nombre distinto al que hemos elegido, y además quiero presentársela a todo el mundo por su nombre.

–Me parece bien. Y supongo que no podremos ocultarles a mis hermanos que va a ser una niña hasta entonces, ¿verdad? –sabía que no era posible, pero si la reacción de Jaron indicaba algo, el resto de sus hermanos no tendría piedad con sus bromas.

Jessie sonrió con cansancio y sacudió la cabeza.

–Les prometí a tus cuñadas que les diría qué iba a

ser para que pudieran escoger la decoración adecuada para la fiesta del bebé –volvió a bostezar. Se le cerraban los ojos–. Llamaré a Bria cuando nos levántemos de la siesta.

Aquellas fueron las últimas palabras que pronunció, y Nate supo sin necesidad de mirar a Jessie que se había quedado profundamente dormida. Sonrió, le besó la coronilla, recolocó una almohada para que le sujetara la espalda y se levantó de la cama. Se dio una ducha rápida, se vistió, dobló la ropa de Jessie y la dejó en el banco que había a los pies de la cama.

Bajó las escaleras, entró en el despacho y encendió el ordenador. Tenía que investigar más cosas, en esta ocasión buscar nombre para la niña.

Nate no pudo evitar sonreír. Para ser una persona poco interesada en la tecnología, había pasado mucho tiempo últimamente buscando cosas en Internet.

Pero mientras repasaba listas y listas de nombres, su mente se dirigió hacia la mujer que estaba en su cama. ¿Por qué tenía la suerte de que Jessie quisiera estar con él y lo amara? No le cabía duda de que así era. Lo había visto en sus ojos y lo había sentido en sus dulces caricias.

Nate aspiró con fuerza el aire y admitió lo que supuso que estaba detrás de su afán por romper con ella tantas veces. Se estaba enamorando. Cada vez que empezaba a notar que sentía por Jessie algo que no le resultaba cómodo, cortaba y salía corriendo en un absurdo intento de evitar lo que ahora sabía que era inevitable. Estaba enamorado de Jessie y seguramente lo estaba desde que la conoció.

El corazón le dio un vuelco.

Quería a su familia, pero eso era distinto. Sus hermanos y sus cuñadas le querían y le aceptaban sin condiciones. No le iban a condenar por sus errores pasados ni por los problemas que tuvo con la ley cuando era joven. ¿Sería capaz Jessie de pasar por alto sus errores y amarle de todas formas?

Y luego estaba que su mayor temor había sido siempre ser como su padre biológico. Según su información, Joe Rafferty nunca había conservado un empleo más de lo que se tardaba en aparecer y dejarlo. Prefería pasar los días sentado frente al televisor con una botella de whisky en una mano y un cigarrillo en la otra mientras la madre de Nate y Sam se dejaba la piel para mantenerlos a todos. Tras su muerte, Joe abandonó a sus dos hijos adolescentes a su suerte y fue en busca de otro sitio donde le mantuvieran gratis. No habían vuelto a saber nada de él. Y sus hijos lo preferían así.

Nate sabía que no era como su padre en casi nada. A diferencia de él, Nate no tenía miedo a trabajar por las cosas en las que creía. Había invertido tiempo y esfuerzo para conseguir ir a la universidad, había invertido con cabeza lo que ganaba en los rodeos y había amasado una considerable fortuna. Tenía un enorme rancho, una casa que muchos considerarían una mansión y suficiente dinero en el banco para no tener que volver a trabajar en su vida si no quería. Pero todo aquello eran cosas materiales. ¿Y qué pasaba con las necesidades emocionales de una esposa y un hijo? ¿Podría ser él todo lo que Jessie y su pequeña necesitaban que fuera?

Nate se reclinó en la silla y se quedó mirando la pantalla del ordenador sin ver. Aunque le daba terror fallarles de algún modo, sabía que las quería y que haría todo lo que estuviera en su mano para protegerlas.

Su mayor preocupación ahora era contarle a Jessie lo de su pasado y la razón por la que nunca se había considerado digno de ser un buen marido y un buen padre. No estaba orgulloso de ello y preferiría saltar una verja de pinchos desnudo que tener que contárselo. Pero Jessie merecía saber la verdad: que el padre de su hija era un delincuente exconvicto.

¿Aceptaría estar con un hombre que tenía antecedentes penales aunque los tribunales los hubieran borrado porque era menor cuando cometió los delitos? Estaba seguro de que Jessie entendería las razones por las que Sam y él habían incumplido la ley. Pero, ¿seguiría confiando en él y amándole cuando Nate pusiera todas las cartas sobre la mesa y le hablara de su infancia y de su miedo a ser como su padre? ¿Y si le dejaba?

Nate no estaba seguro. Solo podía confiar en que cuando se lo dijera lo entendiera y le amara de todas formas.

Capítulo Ocho

Cuando Jessie despertó de la siesta, no le sorprendió encontrarse en la cama sola. Seguramente Nate habría bajado al despacho a trabajar en el ordenador. No sabía en qué proyecto estaba metido, pero parecía que cada minuto libre que tenía lo utilizaba para investigar.

Sonrió cuando se levantó de la cama y entró en el cuarto de baño para darse una ducha rápida. Nate se había portado maravillosamente durante las últimas semanas. Había sido atento y comprensivo, borrando toda duda de si sería un buen padre. Pero, ¿qué pasaba con ella?

Se le borró la sonrisa. Le amaba con cada célula de su ser, y sabía sin lugar a dudas que lo haría durante el resto de su vida. Pero no tenía muy claro que Nate la amara. Sabía que sentía algo por ella. Si no fuera así, no se habría mostrado tan comprensivo y cariñoso con las inseguridades que tenía respecto a su cuerpo embarazado. Pero nunca le había dicho que la amaba, y había dejado de hablar del tema de la boda. ¿Significaba eso que había cambiado de opinión? Tal vez quisiera estar con la niña, pero no con ella.

Jessie sabía que tal vez estaba imaginando cosas que no existían. Tenía las hormonas algo revueltas y quizá estuviera malinterpretando las cosas. Pero solo había una manera de averiguar qué estaba pasando en su relación. Mientras se vestía, decidió que había llegado el momento de sentarse a hablar del futuro.

Se frotó el costado derecho. Tenía un tirón que se había convertido en una molestia constante.

–¿Qué te parecen Hope o Faith como nombres? –preguntó Nate saliendo de su despacho cuando ella llegó al final de la escalera.

–Son los dos muy bonitos –dijo Jessie, preguntándose por qué de pronto se sentía tan débil y tan acalorada–. ¿Por qué no hacemos una lista de nombres y escogemos el que más nos guste a los dos?

–Me parece bien –respondió Nate sonriendo cuando se acercó a darle un beso. Entonces frunció el ceño y se echó hacia atrás.

–¿Te encuentras bien? Estás muy caliente.

–No… no lo sé –dijo Jessie. La molestia del costado se transformó de pronto en dolor.

–¿Qué te pasa, Jessie? –preguntó Nate sujetándola cuando empezaron a temblarle las rodillas.

–Nate… algo no va bien… –dijo agarrándose a la pechera de su camisa cuando otra oleada de debilidad la atravesó.

Nate la tomó al instante en brazos y la tumbó en el sofá del salón.

–Voy a llamar a urgencias –dijo sacando el móvil de la funda que tenía en el cinturón.

Jessie pensó que, dados los síntomas, estaba sufriendo un ataque de apendicitis. Si ese era el caso iba a necesitar cirugía. Aquello supondría un riesgo importante para la niña.

–Diles que estoy embarazada de veintiuna semanas y que muestro síntomas de apendicitis –le dijo a Nate tratando de controlar el creciente pánico–. Tengo que ir al hospital donde trabajo. Allí podrán darme el mejor cuidado.

Tras darle al servicio de helicópteros de emergencia su ubicación exacta, Nate se arrodilló a su lado y le tomó la mano.

–El hospital de Stephenville está más cerca, cariño. Allí podrá atenderte antes el médico.

Jessie negó con la cabeza.

–Si me tienen que operar puede que se me adelante el parto –trató de explicar a pesar del dolor–. El hospital en el que trabajo tiene una de las mejores… unidades neonatológicas… del estado. Si nuestra hija nace ahora por culpa de esto, allí es donde más posibilidades tiene de sobrevivir.

–Te doy mi palabra de que les obligaré a llevarte allí –afirmó.

Ella sabía lo que necesitaba y no quería perder el tiempo siendo examinada por el personal médico de Stephenville para que luego la enviaran a Waco de todas maneras. Sería una enorme pérdida de tiempo y podría ser fatal para ella o para la niña… o para las dos.

En cuanto el helicóptero despegó con Jessie a bordo, Nate se metió en la camioneta de un salto y condujo a toda velocidad hasta Waco. Cuando preguntó si podía ir a bordo le dijeron que no había sitio suficiente.

–Mi… mi mujer, Jessica Farrell, llegó hace poco en helicóptero –le informó a la mujer que estaba en el mostrador del hospital–. Está embarazada de cinco meses y medio y cree que puede tener apendicitis.

La mujer asintió con la cabeza.

–Ahora mismo está en la sala de triaje y el cirujano de guardia está con ella. Si no le importa sentarse en la sala de espera, el médico saldrá para hablar con usted en cuanto haya terminado de examinarla.

Nate estaba demasiado nervioso para quedarse sentado, así que salió para llamar a su hermano Sam y decirle que le contara a la familia lo que pasaba. Luego volvió a entrar y se quedó al lado de las puertas dobles que daban a las salas de exámenes. Le había mentido a la recepcionista al decirle que estaba casado con Jessie, pero le daba igual. Jessie era su mujer, estaba embarazada de su hija y no quería desaprovechar la oportunidad de que le facilitaran información sobre su estado.

–Señor, me temo que tendrá que quedarse en la sala de espera –insistió la mujer al verle al lado de las puertas.

Nate se acercó al mostrador en el que estaba sentada y sacudió la cabeza.

–Lo siento, señora, pero no puedo hacerlo. Todo mi mundo está detrás de esas puertas y si no puedo estar con ella, al menos me gustaría estar lo más cerca posible.

La mujer se lo quedó mirando un instante antes de señalar un punto cerca del que Nate estaba antes.

–Quédate allí, hijo. Ahí no molestas y estarás todo lo cerca que puedes estar en este momento –le dirigió una sonrisa tranquilizadora–. Estoy segura de que el médico saldrá enseguida y te dirá el diagnóstico y lo que hay que hacer.

–Gracias –dijo Nate dirigiéndose al punto que la mujer le había indicado.

Podía ver a través de las estrechas ventanas de las puertas, pero no tenía ni idea de dónde estaba Jessie y su visión quedaba oscurecida por las cortinas de los cubículos. Miró el reloj de pared y se preguntó por qué diablos estaban tardando tanto. Necesitaban hacer algo y cuanto antes.

Se le formó un nudo en el estómago cuando vio a un hombre de bata blanca salir de uno de los cubículos y dirigirse a las puertas. Abrió una de ellas y preguntó:

–¿Señor Farrell?

–El apellido es Rafferty –dijo Nate–. Jessica Farrell es mi mujer –era la segunda vez que mentía en los últimos veinte minutos, pero no iba a arriesgarse a quedarse sin saber qué estaba pasando.

Pensó por un instante que el médico podría preguntarse por qué no tenían el mismo apellido. Pero el hombre no pestañeó. Por supuesto, últimamente muchas mujeres casadas decidían conservar su apellido, así que seguramente no le pareció que hubiera nada raro en ello.

–Soy el doctor Chávez –se presentó–. Soy el cirujano que le va a practicar la apendicetomía a su mujer. Tenía razón sobre lo de la apendicitis, y necesitamos operarla. En circunstancias normales se trataría de una operación rutinaria, pero el embarazo supone un riesgo para ella y para el feto. He llamado a un grupo de especialistas para que estén cerca en caso de que la operación provoque el parto y tengamos que sacar al bebé por cesárea.

–¿Puedo verla antes de la operación? –preguntó Nate. Quería que Jessie supiera que estaba allí para ella.

El médico le hizo una seña a Nate para que le siguiera.

–Enseguida vendrá alguien del personal médico para subirla al quirófano, y ya le hemos administrado un sedante preoperatorio, así que dudo que pueda hablar con ella –detuvo a Nate justo fuera del cubículo tapado con la cortina–. Quiero asegurarle que haremos todo lo que esté en nuestra mano por ella y por el bebé, señor Rafferty.

Nate sintió como si el mundo se derrumbara a su alrededor. Tenía un nudo en la garganta del tamaño de un puño, pero hizo lo posible por decir las palabras que ningún hombre querría decir jamás.

–Si llega el momento de decidir salvarla a ella o a la niña, por favor, salven a Jessie.

El doctor Chávez asintió.

–Haremos todo lo que podamos.

El médico se marchó para prepararse para la operación y Nate entró en el cubículo y se acercó a la cama en la que Jessie estaba tumbada con los ojos cerrados. Le tomó la mano entre las suyas y se apretó suavemente.

–Jessie, estoy aquí y siempre lo estaré, cariño –dijo sintiéndose más inútil que nunca.

¿Qué le había impedido decirle que la amaba cuando en el fondo estaba seguro de que era lo único que ella quería de él? ¿Por qué había esperado, en lugar de entregarse por completo a ella? Jessie merecía saber todo sobre él, y lo que más deseaba Nate era decírselo y suplicarle que le amara a pesar de todo.

Antes de que pudiera decirle lo mucho que la amaba y que la necesitaba más que al aire que respiraba, dos miembros del equipo quirúrgico abrieron la cortina.

–Vamos a subir a su esposa, señor Rafferty –dijo uno de ellos–. Usted puede ir a la sala de espera del quirófano, que está en la cuarta planta. El médico le buscará allí cuando termine la operación para contarle cómo ha ido todo.

Nate se inclinó para darle un beso a Jessie en la frente y le soltó a regañadientes la mano mientras los dos enfermeros sacaban la camilla al pasillo. Se quedó allí de pie viendo cómo se la llevaban de su lado. Habría dado cualquier cosa por cambiarse por ella para que Jessie no tuviera que hacerlo. Cuando cruzaron con la camilla las puertas que estaban al final del pasillo y los perdió de vista, Nate aspiró con fuerza el aire. Sintió algo húmedo en la mejilla y se apartó la lágrima antes de dirigirse a los ascensores. No lloraba desde que tenía quince años, pero ahora tuvo que hacer un esfuerzo sobrehumano para mantener sus emociones a raya mientras subía solo en el ascensor hasta la cuarta planta, donde se bajó y se dirigió a la sala de espera.

En aquel momento estaba muerto de miedo. ¿Y si perdía a Jessie? ¿O si algo le sucedía a la niña? Ni siquiera habían tenido la oportunidad de ponerle nombre.

Hank siempre les decía a él y a sus hermanos que una actitud positiva era la mitad de cualquier batalla. Pero resultaba muy difícil tener pensamientos positivos cuando las peores posibilidades le bombardeaban por todos los ángulos.

–¿Sabes ya algo, Nate?

Al escuchar la voz de Sam, Nate alzó la vista y vio

a sus cinco hermanos cruzando la sala de espera hacia él. No le sorprendía lo más mínimo que todos hubieran dejado lo que estuvieran haciendo para ir al hospital a apoyarle. Así eran las cosas entre ellos desde sus días en el rancho Última Oportunidad. Nate no se había alegrado nunca de verlos tanto como ahora.

Nate explicó el diagnóstico del médico.

–Todo va a salir bien, Nate –aseguró T.J. –Jessie y el bebé van a salir de esta sin ningún problema.

T.J. era el más optimista de los hermanos, y siempre se podía contar con él para que les animara cuando estaban con el ánimo alicaído. Pero por mucho que Nate quisiera creer a su hermano, no podía dejar de pensar en la cara del médico cuando le habló del riesgo que corrían tanto Jessie como la niña.

–T.J. tiene razón –afirmó Sam asintiendo. Se sentó en una silla frente a Nate–. Jessie y el bebé van a estar bien. Tienes que creerlo.

Nate asintió y aspiró con fuerza el aire.

–Hemos sabido hace unos días que va a ser una niña.

Ryder le dirigió una sonrisa tranquilizadora y le puso una mano en el hombro.

–Dentro de dieciséis años, cuando nuestras hijas empiecen a salir con chicos, podemos practicar qué tácticas vamos a llevar a cabo para mantener a los chavales a raya.

–El día de la ecografía decidí que no sería mala idea limpiar un par de escopetas –reconoció Nate.

–T.J. ¿por qué no vamos a la cafetería y traemos café para todos? –sugirió Lane.

–Buena idea –asintió el aludido.

Jaron se hundió más en la silla situada al otro lado de Nate. Siempre había sido el más callado del grupo, pero estaba más silencioso de lo habitual.

—¿Qué te pasa, hermano? —le preguntó Nate en voz baja.

Jaron se encogió de hombros.

—Me preguntaba si alguien ha pensado en llamar a Mariah y contarle lo que ha pasado. Ya sabes cómo se pone si sucede algo en la familia y ella no se entera.

Nate sacudió la cabeza.

—No sé. Tal vez lo mejor sea que la llames tú y se lo cuentes.

Nate sabía que Jaron estaba buscando una excusa para hablar con Mariah y no pudo evitar preguntarse cuánto tiempo más iba a ser capaz su hermano de resistirse a lo que todos sabían desde hacía años: que Jaron y Mariah estaban hechos el uno para el otro.

Jaron vaciló unos instantes y luego se puso de pie.

—Creo que será mejor que salga para hacer esa llamada. Ya sabes cómo se ponen las enfermeras cuando alguien usa el móvil dentro del hospital.

Jaron estaba tratando de evitar que sus hermanos le hicieran luego bromas por haberla llamado.

Cuando Jaron salió de la sala para llamar a Mariah, Lane y T.J. volvieron con el café y le pasaron una taza a Jaron cuando se cruzaron en la puerta. Nate les vio hablar un instante antes de que Lane y T.J. siguieran avanzando por la sala.

Aceptó la taza que Lane le ofreció, pero se sintió incapaz de seguir sentado, así que se levantó y se acercó a la ventana para mirar hacia la calle. ¿Por qué tardaban tanto? Habían pasado casi dos horas desde que

Jessie entró en el quirófano y cada minuto había sido un auténtico infierno para él.

—¿Estás bien? —le preguntó Sam acercándose a él.

Nate asintió brevemente con la cabeza.

—No podía seguir sentado. Siento como si tuviera que estar haciendo algo, pero no hay nada que pueda hacer para protegerlas de esto.

—Te entiendo —su hermano señaló hacia la puerta con el dedo pulgar—. ¿Necesitas salir a tomar un poco el aire?

—No, no voy a salir —afirmó Nate con rotundidad. Le dio un sorbo a su café—. De hecho no pienso marcharme hasta que pueda llevarme a Jessie a casa conmigo.

Sam asintió.

—Yo me sentiría igual si Bria estuviera en el quirófano.

El sonido de sus hermanos poniéndose de pie para unirse a él y a Sam en la ventana en gesto de apoyo hizo que Nate se girara y viera al doctor Chávez acercándose. Ya fuera por el miedo a lo que pudiera decir o por el alivio al saber que la operación había terminado, Nate no fue capaz de abrir la boca para preguntarle si Jessie estaba bien.

—Señor Rafferty, su esposa ha superado la operación sin problema —dijo quitándose el gorro quirúrgico—. Tuvimos suerte y pudimos sacarle el apéndice antes de que se le perforara. Todo ha salido bien y podrá irse a casa en un par de días.

—¡Gracias a Dios! —el alivio que experimentó Nate fue tan intenso que se sintió un poco mareado—. ¿Y la niña?

—También está bien –dijo el médico sonriendo por primera vez desde que Nate le había visto–. Tenía una ginecóloga especializada en embarazos de alto riesgo monitorizando al feto durante la operación, y continuará vigilando a Jessie mientras se recupera.

—¿Cuándo podré verla? –Nate necesitaba comprobar por sí mismo que Jessie estaba bien.

El doctor Chávez consultó su reloj.

—Deberían trasladarla a una habitación dentro de una hora. Entonces podrá verla, pero dudo que pueda hablar. La anestesia la dejará dormida probablemente hasta mañana.

—No sé cómo darle las gracias, doctor –dijo estrechando la mano del otro hombre.

Cuando el médico se dio la vuelta para marcharse, Nate sintió de pronto que le fallaban las rodillas y tomó asiento en una de las sillas.

—¿Qué es eso de «tu esposa»? –preguntó Ryder alzando una ceja–. ¿Tienes algo que contarnos?

Nate negó con la cabeza.

—Mentí y dije que Jessie era mi mujer. No quería arriesgarme a que no me dejaran verla o no me contaran lo que estaba pasando.

—¿Has cambiado de opinión respecto a lo de casarte? –preguntó T.J.

—Sinceramente, no hemos hablado mucho del tema –reconoció Nate–. Pero eso va a cambiar en cuanto Jessie salga del hospital y me la lleve a casa. No me importa si tengo que ponerme de rodillas y suplicar. Voy a hacer todo lo necesario para que Jessie se convierta en mi esposa.

Capítulo Nueve

Cuando Jessie se despertó, la habitación estaba a oscuras, y durante un breve instante se preguntó dónde estaba y por qué le dolía tanto el lado derecho del vientre. Miró a su alrededor, se dio cuenta de que estaba en una habitación de hospital y recordó vagamente.

De pronto le entró miedo y se llevó al instante la mano al vientre.

–Mi bebé –murmuró.

Como respondiendo a la voz de su madres, la niña se movió. A Jessie se le llenaron los ojos de lágrimas y contuvo un sollozo. Su hija estaba bien. Giró la cabeza y vio a Nate sentado en una silla al lado de la cama. Tenía la cabeza apoyada con los brazos cruzados sobre el pecho y las largas piernas extendidas con los tobillos cruzados. Parecía profundamente dormido. No tenía pinta de estar muy cómodo y decidió despertarle, pero le pesaban demasiado los párpados y, sin poder contenerse, los cerró.

En algún momento de la madrugada, una enfermera despertó a Jessie para hacerle un análisis de sangre y se dio cuenta de que la silla de al lado de la cama estaba vacía. ¿Dónde estaba Nate? ¿Por qué no se había quedado con ella? Por un instante le pareció escuchar su voz cuando la enfermera salió, pero las sombras empezaron a cernirse sobre ella y volvió a quedarse dormida.

—Es hora de levantarse y desayunar, cariño.

Al escuchar la voz de barítono de Nate, Jessie abrió los ojos y por primera vez desde que le administraron el sedante antes de la operación, no sentía que estuviera tratando de abrirse camino a través de una espesa niebla.

—¿Has estado aquí toda la noche? –preguntó sabiendo que la sombra de la barba indicaba que así era.

—No se me ocurriría estar en ningún otro sitio –señaló la bandeja de comida que había en la mesilla–. La enfermera me ha dicho que puedo levantar el cabecero de la cama para que comas.

Jessie miró el cuenco con crema de cereales. La visión la hizo estremecerse.

—No tengo mucha hambre. Pero me tomaré el yogur y la leche.

—¿No eres fan de los cereales? –preguntó Nate pulsando el botón que había a un lado de la cama para levantarla hasta que estuvo un poco más recta.

—No –Jessie aceptó el yogur que Nate le había abierto–. ¿Han dicho cuándo me darán el alta?

—He hablado con el médico antes y me ha dicho que puede que mañana por la mañana.

Jessie se comió casi todo el yogur y luego le dio un sorbo a la leche.

—¿Cómo has conseguido que te dejaran estar en la habitación conmigo toda la noche? La política del hospital no lo permite.

Nate se encogió de hombros.

—Me negué a marcharme.

—¿Y no llamaron a seguridad? –preguntó Jessie sin dar crédito.

–Sí, pero conocía al guardia –Nate sonrió y le quitó el envase vacío del yogur y la cuchara–. Durante los dos últimos años ha sido uno de los camilleros que atienden a los posibles heridos durante el rodeo anual que mis hermanos y yo celebramos en honor a mi padre adoptivo. Convenció a las enfermeras de que soy inofensivo.

Nate apartó la mesa para la cama y se sentó en la esquina del colchón al lado de Jessie.

–Necesito decirte algo.

–¿De qué se trata? –preguntó ella–. ¿De la niña? Creo recordar que la sentí moverse durante la noche. Se encuentra bien, ¿verdad?

–Está perfectamente –la tranquilizó Nate–. Se trata de algo que hice ayer cuando llegué al hospital, y que tal vez no te guste demasiado.

Aliviada al saber que la niña estaba bien, Jessie respiró con más tranquilidad.

–¿Qué hiciste?

Nate le dirigió una sonrisa angelical.

–No te sorprendas si las enfermeras y el médico se refieren a mí como tu marido –le dijo tomándole las manos–. Ya te habían dado un sedante y no estaba seguro de si me dejarían entrar en la habitación para verte antes de la operación, así que les dije que eras mi esposa.

–De acuerdo –prometió ella–. Pero cuando volvamos a tu casa tenemos que hablar de algunas cosas.

Nate asintió.

–Hablaría contigo aquí, pero necesito intimidad para algunas cosas que tengo que decirte.

–De acuerdo –Jessie se preguntó qué iría a decirle.

Nate se inclinó hacia delante y le dio un beso suave.

–Si no te importa, creo que voy a irme a casa a darme una ducha y cambiarme de ropa. ¿Necesitas que te traiga algo cuando vuelva esta tarde?

–Necesito ropa para vestirme mañana. Hay un vestido vaquero en el armario que sería perfecto.

–¿Algo más? –preguntó él–. ¿Quieres que llame a tus padres para contarles lo que ha pasado?

Jessie negó con la cabeza.

–Yo les llamaré cuando estemos en tu casa.

En cualquier caso, no iban a dejar el negocio inmobiliario para ir desde Houston a verla. Tendría que explicar su relación con sus padres y por qué Nate nunca los había conocido, pero eso podía esperar a que estuvieran en el rancho. Jessie tenía más curiosidad por lo que iba a decirle en privado.

Cuando Nate aparcó, Jessie esperó a que saliera y la ayudara a bajar.

–Me alegro mucho de estar aquí –comentó Jessie cuando la ayudó a entrar en casa.

–Le he dicho a Rosemary que prepare la habitación de invitados de la planta de abajo porque pensé que no sería buena idea subir escalones después de la operación –dijo mientras avanzaban por el pasillo.

–Es una buena idea –sonrió–. Con lo despacio que me muevo, seguramente tardaría toda la noche en subir las escaleras.

–¿Quieres ponerte el camisón y echarte un rato? –preguntó Nate. Tal vez le había cansado el trayecto de una hora.

—No, llevo dos días en cama y me gustaría estar un rato de pie –dijo ella girándose hacia el salón.

—¿Quieres comer o beber algo? –preguntó Nate.

Ella sonrió.

—No vas a estar todo el tiempo encima de mí, ¿verdad?

—Solo intento que te encuentres cómoda –Nate frunció el ceño–. Dime qué necesitas.

Jessie se sentó en el sofá.

—Lo que me gustaría es tener esa conversación que mencionaste ayer en el hospital.

Lo que tenía que decirle iba a llevarle algo de tiempo, y sin duda iba a ser la conversación más importante de toda su vida, por no mencionar la más difícil. Iba a desnudarle su alma y una vez que empezara no era algo que pudiera interrumpir y seguir más adelante. Solo podía confiar en que Jessie lo entendiera y le amara de todas formas.

—¿Seguro que quieres hacerlo? –preguntó.

Ella se le quedó mirando durante un instante y luego asintió.

—No sé si me va a gustar oír lo que tengas que decirme, pero las cosas no pueden seguir entre nosotros como hasta ahora, Nate.

—Estoy de acuerdo –Nate aspiró con fuerza el aire–. Soy un delincuente exconvicto.

A juzgar por la expresión de Jessie, se dio cuenta de que aquello era lo último que esperaba.

—¿Cuándo fue eso?

—Te dije desde el principio que mis hermanos y yo fuimos niños de acogida y que nos conocimos cuando todos terminamos en el rancho Última Oportunidad –dijo frotándose la nuca–. Créeme, no nos enviaron allí por ser unos angelitos.

–Siempre pensé que solo era un nombre –murmuró ella sacudiendo la cabeza–. No caí en que tiene un significado literal.

–Sí, fue nuestra última oportunidad para evitar ir a la cárcel –afirmó Nate–. La opción era vivir allí o terminar entre rejas en un reformatorio.

–¿Por qué te arrestaron? –preguntó Jessie con tono calmado.

–Sam y yo empezamos a robar comida y luego pasamos a atracar tiendas a mano armada para llevarnos el dinero –incapaz de mirarla a la cara para no ver la condena en su bello rostro, Nate se acercó a la ventana para observar la tierra que representaba lo lejos que había llegado en la vida.

Jessie frunció el ceño.

–¿Por qué empezasteis a robar comida?

Nate es encogió de hombros.

–Porque teníamos hambre.

–¿Tus primeros padres adoptivos no se preocupaban de que tuvieras comida?

Nate le agradeció el tono indignado, pero no había entendido nada.

–Cariño, no aterrizamos en el sistema de acogida hasta que nos pillaron robando en una tienda. Eso fue después de que mi madre muriera y mi padre nos abandonara.

Ella contuvo el aliento.

–Oh, Nate, lo siento mucho.

–No lo sientas. El día que nuestro padre se marchó y desapareció para siempre fue el mejor día de nuestra vida –dijo Nate, incapaz de disimular la amargura de su tono de voz–. Se quedaba sentado y permitía que nuestra madre se matara a trabajar para mantenernos a los cuatro porque era demasiado vago para conservar ningún trabajo. Y ese no era su único defecto. Le gustaba hacernos sentirnos culpables por todo lo que le salía mal en la vida. Tenía un modo de hablar que nos minaba la autoestima.

–¿Os maltrataba?

–Físicamente no. Para eso habría tenido que levantarse del sillón y dejar la botella de whisky –se giró para mirarla y sacudió la cabeza–. Joe Rafferty prefería el maltrato psicológico, decirnos lo inútiles y patéticos que éramos.

–Efectivamente, parece que el día que se largó fue el más feliz de vuestras vidas –reconoció Jessie–. ¿Cuántos años tenías?

–Yo trece y Sam quince –dijo Nate–. Llevábamos más o menos un año atracando tiendas, pero hasta que no se fue no encontramos el arma que se dejó en el armario del pasillo. Entonces fue cuando empezamos con los atracos a punta de pistola para conseguir dinero –sacudió la cabeza y volvió a girarse hacia la ventana–. Pensábamos que si seguíamos pagando las facturas podríamos quedarnos en casa y no terminar durmiendo en la calle o formando parte del sistema de acogida.

–¿Cuánto tiempo pudiste sostener la farsa de que Sam y tú no estabais solos? –preguntó Jessie frunciendo el ceño–. Supongo que no sería fácil.

–No lo recuerdo exactamente, pero no fue mucho tiempo –admitió–. Seguramente unos cuantos meses.

–¿Cómo os pillaron?

Nate detectó simpatía en su tono de voz, algo que ni quería ni se merecía. Al mirar atrás, no podía recordar que hubiera sido tan ingenuo.

–Sam había ido a no sé dónde, y yo decidí atracar una tienda solo porque cuando volví del instituto vi que habían puesto en la puerta una reclamación de impago del alquiler. Pensé que si conseguía el dinero que necesitábamos todo estaría bien.

–¿Seguiste yendo al instituto? –Jessie parecía sorprendida–. La mayoría de los chicos no habrían intentado seguir con su educación.

–Sam y yo pensamos que si seguíamos yendo a clase y nos asegurábamos de pagar las facturas nadie sabría que el viejo se había ido y evitaríamos que nos separaran –Nate sacudió la cabeza–. La verdad es que no entiendo cómo pensábamos que lo conseguiríamos, pero lo intentamos.

–Los niños no razonan del mismo modo que los adultos –murmuró Jessie.

Nate se acercó a la mesa auxiliar que estaba delante de ella.

–Eso quedó claro cuando Sam trató de echarse toda la culpa para que yo no tuviera problemas –Nate sacudió la cabeza–. Nosotros no lo sabíamos, pero la policía nos había estado vigilando y sospechaba que éramos los chavales que andaban robando en las tiendas del vecindario.

–Solo intentabais sobrevivir y seguir juntos –dijo ella poniéndole la mano en el brazo–. Solo os teníais el uno al otro.

–Eso no quita para que lo que hicimos estuviera mal –insistió él. Necesitaba que Jessie entendiera que no le estaba contando aquello para ganarse su simpatía. Estaba intentando explicar por qué había evitado el compromiso y su miedo a ser como su padre–. La cuestión es que incumplí la ley, y aunque el informe del tribunal no consta porque éramos menores de edad, sigo siendo un delincuente convicto.

Nate aspiró con fuerza el aire.

–La razón principal por la que ponía fin constantemente a nuestra relación cuando las cosas empezaban a ponerse serias era el miedo a terminar siendo como el inútil de mi viejo.

Jessie parecía confundida.

–Me temo que no entiendo que tiene que ver eso con…

–Hasta que nuestro padre se marchó y nos dejó a Sam y a mí solos, lo único que yo había oído era lo inútil que era. Cuando me metí en líos y terminé con antecedentes, empecé a pensar que acabaría siendo como ese malnacido –Nate le tomó las manos–. Me he pasado la vida adulta huyendo del compromiso porque no quería cargar a ninguna mujer con un hombre así. No quería que mis hijos sufrieran ese tipo de maltrato psicológico. No quiero ser ese tipo de hombre, pero no hay garantías, cariño. Lo único que puedo hacer es prometer que haré todo lo que esté en mi mano para ser el mejor padre y marido posible.

–Pero tú no eres en absoluto como tu padre –insistió Jessie. Alzó la mano para acariciarle la mejilla y sintió un escalofrío–. Eres un buen hombre, Nate. Has trabajado duro y te has ganado todo lo que tienes. Tengo la impresión de que tu padre nunca se planteó hacer algo así.

–Sigo siendo un delincuente –afirmó él deseando poder volver atrás y cambiar aquella parte de su vida–. Te mereces algo mejor, Jessie.

–¡Ya basta! –exclamó ella–. Tuviste problemas de niño y creíste que podías solucionarlos de una manera errónea. Pero aprendiste de tus errores y gracias a Hank Calvert y a su manera única de enseñar la diferencia entre el bien y el mal tus hermanos y tú habéis rehecho vuestras vidas. Cualquier mujer estaría orgullosa de que fueras su hombre.

–¿Y qué me dices de ti, Jessie? –preguntó Nate–. ¿Estarías orgullosa de que fuera tu hombre? –contuvo la respiración mientras aguardaba la respuesta.

Al ver que Jessie seguía mirándole fijamente, sintió que el corazón dejaba de latirle.

–¿Qué estás diciendo, Nate?

–Te amo, Jessie. ¿Crees que podrás dejar atrás lo que fui y sentirte orgullosa de estar con el hombre que soy ahora?

A ella le resbalaron las lágrimas por las mejillas.

–Sí, Nate. Lo único que he deseado siempre es que me amaras.

Nate hincó al instante una rodilla y sacó una cajita de terciopelo del bolsillo delantero de los vaqueros. La llevaba encima desde que pasó por una joyería de camino al hospital el día anterior por la tarde. Le tomó la mano a Jessie y le preguntó:

–¿Quieres casarte conmigo, Jessie? ¿Quieres ser mi esposa por el resto de nuestra vida?

–Sí –susurró ella–. Te amo con toda mi alma. Siempre te he amado.

Nate sacó el anillo de diamantes de la cajita y se lo

deslizó en el dedo corazón de la mano izquierda. Cuando ella se inclinó hacia delante para rodearle el cuello con los brazos, se lo impidió.

–Te acaban de operar –dijo tomándola en brazos. Se sentó en el sofá y la colocó con cuidado en el regazo–. No quiero que te hagas daño.

Contento de tenerla entre sus brazos, guardaron silencio unos minutos antes de que él preguntara:

–¿Cuándo quieres casarte, cariño?

Jessie le besó.

–Sé que tienes la Final Nacional a principios de diciembre…

–¿Crees que podrás ir a Las Vegas a ver mi último rodeo? –quiso saber Nate.

–¿Vas a dejar de montar? –preguntó ella con expresión esperanzada.

Nate asintió.

–Parte de mi trabajo como tu marido será eliminar la mayor cantidad de preocupaciones posibles.

–No quiero que renuncies a tu carrera por mis miedos –Jessie frunció el ceño.

–No lo hago –Nate le dio un beso en la punta de la nariz–. Jaron y yo hemos hablado de retirarnos mientras estemos todavía en la cima.

–¿Estás seguro?

–Completamente.

–Yo no voy a decir que no retomaré mi trabajo de enfermera en algún momento, pero creo que me gustaría ser una madre que está en casa –dijo Jessie pensativa–. Al menos hasta que la niña empiece a ir al colegio.

–Lo que decidas me parece bien, cariño –Nate la

estrechó contra sí–. Y ahora dime, ¿cuándo quieres que nos casemos?

–¿En Navidad es demasiado pronto? –preguntó Jessie acurrucándose contra su pecho.

–Diablos, no –se rio él–. Cuanto antes, mejor.

–¿Vas a pedirle a Sam que sea el padrino? –preguntó Jessie con una sonrisa radiante.

–Sí, ha sido mi compañero de andanzas toda mi vida –respondió Nate con una mueca–. No veo razón para cambiar eso ahora.

Jessie puso los ojos en blanco.

–Eres imposible –le dio un beso y volvió a sonreír–. He pensado en pedirle a Bria que sea mi dama de honor principal.

–Bueno, ahora que tenemos la boda planeada podemos cambiar la fecha –bromeó él–. Cariño, antes dijiste que querías hablar conmigo de algo, ¿de qué se trata?

Nate vio cómo se mordía el labio inferior con preocupación y luego admitía:

–Antes de que me diera el ataque de apendicitis iba a preguntarte si habías cambiado de opinión respecto a lo de casarnos.

–¿Por qué piensas eso? –preguntó Nate abrazándola más.

Jessie se rio, y Nate pensó que era el sonido más maravilloso que había escuchado en su vida.

–No volviste a hablar del tema, y pensé que habías vuelto a perder el interés en nuestra relación.

–Te hice una promesa –dijo Nate alzándole la barbilla para darle un beso–. Te di mi palabra de que no te presionaría con lo de la boda. Y créeme, no me resultó fácil porque no podía pensar en otra cosa.

Ella se lo quedó mirando un instante antes de hablar.

–Tengo algo que confesar.

–¿De qué se trata, cariño? –preguntó Nate.

–Tú no eres el único que no está contento con su padre –admitió Jessie,

Nate escuchó a Jessie contarle que sus padres tenían más interés en el trabajo que en las personas.

–No quería que pasaras por un tercer grado sobre tu cuenta corriente, eso no es asunto suyo –concluyó.

Nate sonrió.

–En ese sentido no tienes nada de qué preocuparte. Está todo bien invertido.

–Sabía que pasabas mucho tiempo en Internet, pero no imaginé que estabas controlando el mercado de valores –dijo ella sacudiendo la cabeza.

–No le presto ninguna atención al mercado –reconoció Nate riéndose.

–Entonces, ¿qué buscabas en la red? –preguntó Jessie claramente confundida.

–Quería aprender todo lo que pudiera sobre embarazo y sobre lo que estabas pasando –Nate sonrió con gesto angelical–. Quería hacerte más fáciles los siguientes meses –le puso una mano en el vientre.

Cuando sintió un ligero movimiento, el corazón le dio un vuelco.

–¡Vaya! Se está moviendo, ¿verdad?

Jessie asintió.

–Gracias, Jessie.

–¿Por qué? –preguntó ella desconcertada.

–Me has dado todo lo que ni siquiera sabía que quería –dijo besándola.

Epílogo

En Nochebuena, Nate estaba esperando al lado de la chimenea del rancho Twin Oaks con Sam y el sacerdote de la iglesia de Beaver Dam. Consultó su reloj. En los próximos diez minutos, Jessie se convertiría en su esposa y se estaba impacientando. Parecía como si ya llevara toda una vida esperándola.

–No te estarás echando atrás, ¿verdad? –preguntó Sam cuando Nate volvió a consultar su reloj.

–No, lo que quiero es cerrar el trato antes de que ella se eche atrás –contestó Nate.

Su hermano se rio.

–Nunca pensé que llegaría el día en el que te vería impaciente por sentar la cabeza.

–Sí, a mí también me asusta –reconoció Nate con una sonrisa.

Cuando el organista que habían contratado empezó a tocar la *Marcha nupcial*, Nate estiró los hombros y miró hacia la doble puerta que daba al vestíbulo del salón. Al ver a su cuñada Bria caminar hacia ellos contuvo el aliento y esperó a que Jessie y su padre aparecieran ante sus ojos.

Jessie y él viajaron a Houston justo después de Acción de Gracias para decirles a los Farrell que iban a tener un exjinete de rodeo como yerno después de Navidades y que iban a ser abuelos en primavera. Los Farrell no mostraron ningún entusiasmo. Pero cuando Nate se llevó a Andrew Farrell aparte y le aseguró que amaba a Jessie, que no habría acuerdo prematrimonial y que tenía suficiente dinero como para comprar la propiedad más cara de su inmobiliaria se quedaron tranquilos.

En cuanto Jessie y su padre aparecieron ante sus ojos y vio su hermoso rostro, a Nate le dio un vuelco el corazón. Estaba preciosa con su vestido largo de novia, y supo con certeza que recordaría aquel momento el resto de su vida. Todavía le costaba trabajo creer que en unos minutos sería suya para siempre.

Esperó a que llegaran hasta él, y cuando el padre de Jessie puso la mano de su hija en la de Nate, sintió como si le hubieran entregado un regalo único y maravilloso.

–¿Estás preparada para convertirte en la señora de Nate Rafferty? –preguntó sonriendo a la única mujer que amaría en su vida.

La sonrisa de Jessie le iluminó el alma cuando susurró:

–Llevo toda mi vida preparada para esto.

–Bienvenido a las filas de los felizmente atados –dijo Ryder levantando el botellín de cerveza para brindar con Nate.

–Nunca pensé que diría esto, pero no podría estar más contento de formar parte de este club –aseguró Nate con sinceridad.

–Sí, es maravilloso –T.J. miró a su mujer. En Acción de Gracias habían anunciado que en verano añadirían un miembro más a la familia.

–Entonces, ¿quién ganó la apuesta? –preguntó Nate dándole un sorbo a su cerveza–. ¿No dijo T.J. que para Navidades ya estaríamos casados?

Lane asintió.

–Creo que últimamente ha ganado un par de nuestras apuestas.

–¿Y a qué vamos a apostar ahora? –quiso saber Sam.

Todas las miradas se dirigieron hacia Jaron.

–Diablos, no –dijo él sacudiendo la cabeza–. Yo estoy muy bien solo.

–Yo digo que Jaron y Mariah estarán atados antes del próximo otoño –dijo T.J. poniendo cien dólares en la barra.

–Yo digo en Semana Santa –intervino Ryder poniendo otros cien encima.

–Yo me decanto por San Valentín –dijo Lane añadiendo su dinero a la creciente pila de billetes.

–Y yo por el Cuatro de Julio –Sam puso su parte–. ¿Y tú, Nate?

–Apuesto por mayo –dijo Nate colocando sus cien sobre el montón. Miró a su mejor amigo, que estaba refunfuñando entre dientes por ser el objeto de la frenética apuesta–. Lo siento, hermano, pero estoy de acuerdo con los demás. Cuando Mariah y tú estáis a menos de seis metros de distancia, la tensión se corta con un cuchillo.

–Seguramente se deba a que quiere arrancarme la cabeza –afirmó Jaron–. Todavía no ha superado que yo tuviera razón en que Sam y Lane fueran a tener hijos varones cuando Bria y Taylor se quedaron embarazadas.

–Pero acertó en que Summer y yo tendríamos una niña –intervino Ryder–. Eso debería hacerle feliz.

–Y lo hizo, pero solo hasta que Lane y Taylor tuvieron un niño –Jaron sacudió la cabeza.

Mientras los hermanos seguían intentando convencer a Jaron de que Mariah y él estaban destinados a estar juntos, Nate alzó la vista y vio a Jessie sonriéndole. Era la misma sonrisa que tenía la noche que ganó la Final Nacional de rodeo... la noche que anunció su retirada. Dejó el botellín en la barra y cruzó la pista de baile para estrecharla entre sus brazos.

–Por muy agradable que sea esta fiesta, estoy listo para empezar la luna de miel –susurró–. ¿Qué me dices de ti, señora Rafferty?

Ella asintió.

–Quiero a todo el mundo y no podría estar más feliz de convertirme en miembro de la familia, pero me gustaría pasar un tiempo a solas con mi marido.

Nate señaló a sus padres con la cabeza.

–¿Crees que estarán bien solos?

Jessie puso los ojos en blanco.

–No te preocupes por ellos. He visto a mi padre darle una tarjeta de visita a un par de compañeros tuyos de rodeo.

Nate se rio.

–Sí, nunca imaginó que los vaqueros de rodeo pudieran ganar tanto dinero montando toros.

–Hasta que el vaquero retirado más guapo que conozco le iluminó –dijo Jessie poniéndose de puntillas para darle un beso en la barbilla.

Cuando la niña le dio una patada en el ombligo, Nate se rio.

–Creo que ella está de acuerdo contigo.

–Eso parece –dijo Jessie sonriendo de un modo que le aumentó la tensión sanguínea.

–Empecemos nuestra nueva vida juntos –propuso Nate tomándole la mano para llevarla hacia la puerta.

–Te amo, vaquero –aseguró ella mirándole con más amor en los ojos del que él merecería jamás.

–Y yo te amo a ti, cariño –dijo Nate sintiéndose el hombre más afortunado del mundo–. Por siempre y para siempre.

Deseo

La tentación era él
Robyn Grady

Ante las crecientes amenazas a su famosa familia, Dex Hunter, dueño de un estudio cinematográfico, se hizo cargo de su hermano pequeño, para lo que intentó apartarse durante un tiempo de su vida habitual en Hollywood. La niñera que contrató para que le ayudara, Shelby Scott, lo cautivó, y estaba dispuesto a lo que fuera con tal de retenerla a su lado. Pero ella había cometido un grave error con otro hombre, y no estaba dispuesta a repetirlo. Para ganársela, Dex debía demostrarle que estaba dispuesto a sentar la cabeza.

El papel estelar de la niñera

¡YA EN TU PUNTO DE VENTA!

Acepte 2 de nuestras mejores novelas de amor GRATIS

¡Y reciba un regalo sorpresa!

Oferta especial de tiempo limitado

Rellene el cupón y envíelo a
Harlequin Reader Service®
3010 Walden Ave.
P.O. Box 1867
Buffalo, N.Y. 14240-1867

¡Sí! Por favor, envíenme 2 novelas de amor de Harlequin (1 Bianca® y 1 Deseo®) gratis, más el regalo sorpresa. Luego remítanme 4 novelas nuevas todos los meses, las cuales recibiré mucho antes de que aparezcan en librerías, y factúrenme al bajo precio de $3,24 cada una, más $0,25 por envío e impuesto de ventas, si corresponde*. Este es el precio total, y es un ahorro de casi el 20% sobre el precio de portada. !Una oferta excelente! Entiendo que el hecho de aceptar estos libros y el regalo no me obliga en forma alguna a la compra de libros adicionales. Y también que puedo devolver cualquier envío y cancelar en cualquier momento. Aún si decido no comprar ningún otro libro de Harlequin, los 2 libros gratis y el regalo sorpresa son míos para siempre.

416 LBN DU7N

Nombre y apellido	(Por favor, letra de molde)	
Dirección	Apartamento No.	
Ciudad	Estado	Zona postal

Esta oferta se limita a un pedido por hogar y no está disponible para los subscriptores actuales de Deseo® y Bianca®.
*Los términos y precios quedan sujetos a cambios sin aviso previo.
Impuestos de ventas aplican en N.Y.

SPN-03 ©2003 Harlequin Enterprises Limited

Bianca

Una mujer despechada, un recién descubierto marido, una fogosa reconciliación...

La experta en arte Prudence Elliot se quedó pasmada cuando un nuevo trabajo la llevó a reencontrarse con Laszlo de Zsadany, el irresistible hombre que pasó por su vida como un cometa, dejándole el corazón roto a su paso. Lo más sorprendente fue descubrir no solo que Laszlo fuese millonario, sino que además era legalmente su marido. Prudence era una adicción contra la que Laszlo no podía luchar, pero pensaba que la pasión que había entre los dos pronto se consumiría... sin embargo, pronto se vería obligado a admitir que el deseo que sentía por su mujer era un incendio fuera de control.

PASIÓN HÚNGARA
LOUISE FULLER

¡YA EN TU PUNTO DE VENTA!

Deseo

La falsa esposa del jeque
Kristi Gold

El príncipe Adan Mehdi no solía rechazar a una mujer hermosa, pero Piper McAdams poseía un aire tan inocente que eso parecía lo que un hombre de honor debía hacer. Ella creyó en sus buenas intenciones hasta que apareció la exnovia de Adan con el hijo de ambos, y Piper accedió a enseñar a Adan a ser un buen padre e incluso se hizo pasar por su esposa hasta que él consiguiera la custodia del pequeño.

Actuar como pareja no tardó en poner a prueba la resolución de Adan y, muy pronto, la situación entre ambos se hizo más ardiente de lo que ninguno de los dos hubiera imaginado nunca.

¿Formaría parte de su futuro una boda de verdad?

¡YA EN TU PUNTO DE VENTA!